A tous ceux qui ont souffert de tout ce chambardement à France Télécom.

Une autobiographie pour la postérité, une vie professionnelle avant le portable et après les 61 milliards de dettes...

© 2019, Pascal Schmitt

Edition : Books on Demand,
12/14 rond-Point des Champs-Elysées, 75008 Paris
Impression : BoD - Books on Demand, Norderstedt, Allemagne
ISBN : 9782322133666
Dépôt légal : Février 2019

Pascal SCHMITT

PENDU AU TELEPHONE

Gris, tout était gris, les vieilles camionnettes et le décor de ce vieil entrepôt qui avait abrité une usine textile. La lumière du matin encore faible, filtrée par des vitres sales en verre armé, donnait un éclairage peu accueillant. Anxieux et impatient à la fois, j'étais encore fatigué de ma courte nuit. Nous voici à l'aube d'une carrière, en regrettant presque celle que je venais de quitter. Une paye moindre, une considération moindre, mais la liberté en plus. L'école des sous-officiers de Saint Maixant m'avait donné des ailes, des gallons et une assurance que j'avais soudain l'impression avoir perdue. Ancien commando, je savais que les palpitations avant le saut étaient normales et que c'est à ces moments là que l'on dévoile son courage. Combien de fois avais-je fait sauter des jeunes recrues dans le vide quand j'étais à l'instruction.
Pas de saut, pas de salut, des poignées de main, des têtes inconnues. Lorsque je changeais de garnison la même impression me

revenait. Des visages que l'on croit déjà avoir vus, et pourtant.
Un petit bureau vitré comme un bocal marquait l'entrée. On y apercevait une femme qui essayait de se faire entendre parmi la poignée d'hommes qui l'entourait. Je revoyais les PEFAT*, peu sexy, pistolet mitrailleur en érection, des androgynes du troisième sexe. Il n'y a que dans l'administration que l'on
côtoie ce genre de femmes, les autres, sans concours avaient trouvé un job et peut-être même plus. Après les curés du collège, les casernes sans femmes encore un endroit mâle.
Un courant d'air me passa derrière la nuque, la grande porte était ouverte faisant sortir les premiers camions.
- Ils livrent les chantiers. M'avait dit un grand blond, ce sont deux anciens qui ont besoin de carburant tôt le matin pour décharger le matériel lourd sur les chantiers.
J'avais compris, on avait aussi des *blues bier* comme on les appelait lorsque j'étais en garnison à Rastatt. Notre caserne en comportait un par section, multiplié par les compagnies, ça fait du débit. Mais le casse croûte était le moment privilégié et une bonne bière allemande donnait une saveur de fête.

* Personnel Féminin de l'Armée de Terre

D'autres suivaient et le dépôt se vida doucement, des camions nacelle, une voiture échelle qu'on aurait crue sortie d'un musée ferma le défilé.

-Elle va bientôt être réformée, mais ils l'utilisent encore pour certains endroits inaccessibles et ils y sont attachés. Un jeune chef de chantier vint vers moi. J'allais dire un adjudant mais je n'étais plus à l'armée.
- Pascal ?
- Ton matériel est prêt.
- Malgré l'impression de déjà vu le parallèle était facile à établir entre paquetage et réception de godasses, veste et matériel, dur de ne pas penser à l'armée, d'autant plus que je percevais un béret et une casquette avec une hirondelle jaune. Un ancien me regarda bizarrement.
- A peine là et déjà chef !
- Il y a toujours des gens qui se mêlent de ce qui ne les regarde pas.
- Ne le prend pas mal. Juste que l'hirondelle de ta casquette est en or, et chez nous il n'y a que les chefs qui ont ces casquettes. Mais de bons augures, tu seras peut-être bientôt chef ?

J'avais une sardine jaune à l'armée alors entre les sardines et les hirondelles. Le béret, impossible de le porter, je le boycottais, il m'avait assez gratté la tête pendant trois ans ensuite je n'avais pas une tête à porter un béret ! Passe encore le bleu, et là, je me posais des questions sur mon choix. Quitter l'armée pour retrouver des costumes et des couvres chefs ? Je me trouvai soudainement difficile et me suis dit : coule-toi dans le moule, à chaque jour sa peine.

Avec mon concours en poche je pus me marier. A l'époque on se mariait avec un travail et le travail était la meilleure dote surtout en Alsace. Etre chômeur et se marier aurait fait désordre. Alors très vite sans consommer ou plutôt sans suffisamment consommer mon mariage je m'étais retrouvé dans une caserne de France Télécom ou plutôt des PTT. L'enfermement n'y était pas, mais pas de femme, de l'ordre, des missions, des permissions, alors ! Et même des demandes de congés où il fallait mettre l'endroit où on allait, comme si par temps de guerre faudrait savoir où nous trouver et donner chaque année ses papiers militaires, comme si j'y étais. En temps de guerre vous êtes les premiers. Ben voyons !
- Vous ne me les perdez pas, j'y tiens, c'est comme ça, une vielle habitude et pour ceux qui ont fait l'armée, se retrouver sans papier, c'est un peu comme aux toilettes, t'es un peu incommodé. En tant que sous-officier j'aurais dit : c'est la prise en main, alors je rentrais dans le corps de la fonction publique et avec un grade, où était la différence. Je me rappelle, on m'avait une fois demandé sur un de ces

imprimés que l'administration sait si bien concocter avec son vocabulaire bien à elle : grade ? J'avais marqué sergent. Qu'est ce qu'on peut être gauche des jours. Il fallait mettre agent technique de première catégorie ça fait un peu première classe à l'armée et oui deux sardines ça comptes, mais pas en or celles-là.

Les cours techniques mis à part ces détails vestimentaires me replongeaient dans un monde technique qui me firent oublier l'armée, ici on ne transportait pas les paroles par onde mais par fil et le support réseau était cette portée où les hirondelles pouvaient gazouiller en tout impunités. J'avais beaucoup à apprendre, pour dénigrer ou pour se croire supérieurs, certains éprouvaient le besoin de me regarder de haut. Je les mouchais, il faut savoir garder un peu de puissance sous la pédale et avec mes examens de dépanneur faisceaux hertziens et radio je leur fis vite comprendre mon niveau. Creuse ton trou, m'étais-je dit, je n'étais pas un simple pousse caillou à l'armée, mais ça c'était du passé. J'avais des nomenclatures des codes à apprendre et ma tête n'était pas toujours dans les livres, ma belle me manquait, aussi le passe temps favoris à la pause était de se précipiter sur un téléphone. Les fiancés et jeunes mariés se reconnaissaient à la rapidité de s'accaparer un combiné. On y tapait des fois des records d'autant plus qu'il était gratuit. Une bonne chose de prise à l'ennemi. Encore heureux, ça ne leur coûtait que quelques watts de courant, alors il n'y a pas de quoi râler !

Les techniques de pose, de raccordement, de plantation de poteaux : l'apprentissage. Je m'étais dit que c'était un mal nécessaire, et je n'allais pas en faire une choucroute. Je n'étais pas venu aux PTT pour planter des poteaux ! Il y a avait bien un concours ou une option pour échapper au plantage, même qu'il soit le support numéro un de l'époque, le câble souterrain prenait toute son importance et les années soixante-dix s'ouvraient sur une aire nouvelle. Quelques anciens venus en stage, m'apprirent le quotidien de la génération d'avant, eux c'était : pic, pelle, pioches, barre à mines, et ça le lot de tous les jours ! Ils avaient appris à trimer sur le terrain, à boire aussi et à partager avec les copains, un mot qui prenait tout son sens, partager le pain et le vin. Une page se tournait avec cette génération-là. Moi, c'était la technique qui m'intéressait et ce foutu téléphone qui me reliait à ma femme sans lui, le blues. Mon oreille chaude me rappelait des fois la fin de la pause.
- Encore au téléphone !
- Eh, oui ! N'est pas jeune marié qui veut !
Heureusement qu'il soit gratos. J'aurais limité mes appels, faut savoir gérer. Les jours

s'égrenaient comme le cliquetis des commutateurs dans les centraux. Un cœur de réseau qui pulsait de ses roues et ses contacteurs m'impressionnait. Lorsqu'on y travaillait, c'était des vies qui se connectaient. Le matin un central tout aussi calme qu'il pouvait être, savait s'affoler vers midi, j'allais dire qu'il devenait gastrocéphal, les estomacs par leurs gargouillis avaient réveillé les abonnés, il est l'heure de manger sentiment impalpable, envie physiologique, vite un coup de fil avant de manger. Vite tant que c'est encore dans la tête, comme si, après le repas le monde se serait endormi et une longe sieste amnésique s'en serait résultée. Eh ! Oui, l'homme est comme ça. Les centraux vivaient aux rythmes des émotions et aux rythmes des heures. Les miennes étaient devenues matinales. Tomber du lit à 4h pour prendre mon train de 5h25 pour arriver à Strasbourg avec l'omnibus, des jours je me demandais s'il n'allait pas s'arrêter entre deux gares tellement il allait lentement. J'arrivais à 7h et sautais dans la camionnette qui m'amenait... et non, pas tout de suite à mon chantier, mais au casse-croûte, moment sacré et privilégié.

La journée commençait par la perception du matériel nécessaire au chantier, moi, je ne pouvais y participer, ils me cherchaient à la gare juste avant le fameux casse-croûte au cours duquel on échangeait toutes sortes de choses, du syndicalisme, bricolage, au problème perso de vrais échanges des moments particuliers où le mot copain prenait toute sa signification, on faisait partie de la famille des PTT. J'y rentrais lentement et comprenais les rouages initiatiques. Le moment de lire le journal et de commenter l'événement, refaire le monde, une gitane et un café fumant que c'est bon. J'allais oublier l'importance du casse croûte, il devait tenir au ventre jusqu'à midi, et lorsque la météo était mauvaise, il apportait les calories au gaillard. Les anciens y rajoutaient l'antigel, mais pour moi, pas question. Trois ans d'armée et jamais de cuite avec les copains, ça n'allait pas commencer maintenant et je sentais qu'une nouvelle ère s'ouvrait, avec la nouvelle génération, café et croissants le matin et non les tripes et demi de rouge. Un litre de 12 volts disaient les anciens. Mon café noir et mon sandwich me convenaient tout à fait bien. La petite équipe dans laquelle je m'étais intégré ne s'adonnait pas à la boisson. J'en étais heureux, mon chef avait ce brin d'humanité et de compréhension, évitant de coller un jeune frais moulu dans une équipe de poivrot. J'avais suffisamment de caractère pour ne pas me laisser entraîner, mais la promiscuité de certaines personnes, les journées sans soleil, la difficulté de lutter contre le froid ou le vent qui vous cingle les oreilles en haut d'un poteau auraient suffi à inciter de se remonter le moral par l'alcool.

Sans être paternalistes, les équipes de la capitale alsacienne m'avaient bien accueilli, et j'étais jeune marié, alors les blagues fusaient détendant l'ambiance qui chaleureuse, compensait une météo glaciale. On était en début d'année et il faisait froid. A l'armée j'avais déjà connu le froid, alors je bougeais et il y avait la cabine radio chauffée. Mais sur les chantiers très souvent on effectuait les connexions et les raccords, doigts gelés. Un ancien m'avait dit : il faut s'y faire le jeune, t'attrape froid aux pieds en novembre et les pieds se réchauffent en mai. De l'humour ces anciens ! A propos d'anciens, nouveau dans la maison, on avait droit aux représentants syndicaux de tous poils.

J'avais eu l'occasion de découvrir avec mes parents la Hongrie et avais pu admirer ces forêts d'étoiles rouges, il y en avait même sur les toilettes publiques. Quel beau pays, de Budapest au lac Ballaton, mais les étoiles, ça me restera, et tout ce qui s'y apparentait était pour moi communiste, alors ! Et ce n'est pas à l'armée que j'aurais pu me faire une opinion politique, pas l'endroit ! Ne pas oublier, réfléchir, m'avait dit mon adjudant, c'est déjà un peu désobéir. C'est cela !

J'avais mes opinions politiques mais pas très tranchées. Allez, on ne va pas refuser une carte à un syndicat, fut-il modéré. J'en pris

15

une, comme on prend des tombolas de fin d'année, mais au fur et à mesure des années je compris l'importance de tous ces mouvements syndicaux. Pour l'instant mon travail et ma femme accaparaient toute mon énergie. Je l'appelais des fois au travail, elle était secrétaire mais sa patronne filtrait les appels. Un j'te quitte rapide et prompt voulait signifier qu'elle était rentée dans le bureau.

Le printemps arriva avec une bonne nouvelle, j'étais muté dans ma ville natale bénéficiant des mesures de rapprochement d'époux, enfin à la maison.
Je quittais avec regrets cette petite équipe bien sympathique qui m'avait enseigné les rudiments du travail sur le terrain. Un jour mon collègue qui tenait les plans m'avait dit : tu coupes le câble qui part à gauche et tu le raccordes sur le nouveau. Moi, je vais au central pour muter tous les abonnés. J'avais appris l'importance de l'étiquetage et pour moi la bible, c'était ce qu'il y avait marqué dessus. Je coupe et je raccorde. Au bout d'un moment, je me dis tiens, il y a du grabuge là-dehors. Mon raccord s'effectuait dans une chambre profonde sous trottoir, l'activité dans ce quartier ne m'avait pas marquée plus que ça, et pourtant, j'entendais de plus en plus de gens parler fort. Sursautant dans mon trou, deux policiers pistolet mitrailleur à la main.

- C'est vous qui avez coupé l'alarme de la banque.
- Euh ! Je travaille sur un câble... peut-être que ?
- Bon, vous auriez pu prévenir. On reste jusqu'au rétablissement.

Mon collège qui avait terminé les mutations fut surpris et se justifia. Il avait rétabli une connexion spéciale mais ne s'en était pas méfié. En plus, j'avais mal raccordé le câble et l'étiquetage étaient faux. M'aidant, on rétablit rapidement l'erreur et tout rentra dans l'ordre, sauvé ! A cette époque nous pouvions pratiquement faire ce que nous voulions et couper au moment qui nous semblait opportun. Mais j'en pris de la graine et en rigolais avec les copains.

- Baptême du feu, m'avaient-ils dit.

La demande de raccordement était tellement forte que nous avions du mal à suivre et à l'époque je gonflais mon salaire avec des heures supplémentaires. Partout nous étions la bienvenue et souvent en branchant un immeuble, un quartier lors d'une extension, on entendait : c'est quand que je pourrai avoir le téléphone ? Les années soixante dix, le boom du téléphone. Avant, il n'y avait que des prioritaires, les administrations, le maire d'un village, les notables, peu de particulier. On venait plutôt téléphoner à la cabine avec de la petite monnaie dans sa poche.

A cette époque nous n'étions qu'une famille aux PTT, d'où nos anciens véhicules gris qui à présent devenaient jaunes, signe d'une évolution et nous nous démarquions déjà doucement. On sentait déjà deux entités, mais nous avions encore les mêmes casquettes et le même ministre. La Poste, elle continuait son petit boulot, tandis que nous, nous étions courtisés, désirés de telle sorte que l'administration a du relever les tarifs pour freiner la demande. J'en avais fait les frais, car à cette époque nous payons le téléphone comme tout citoyen, et je trouvais ma facture salée, ma femme aimait téléphoner, alors.

Je me souviens, attendu impatiemment, je devais rebrancher une ligne dans une école, après des mutations, on était mercredi, je sonne, une jeune institutrice m'ouvre.
- Je dois rebrancher un câble.
- Entrez, j'ai remarqué des tintements. Elle avait une petite mini, décontractée, elle m'avait dit : je vous devance avec un beau sourire. L'escalier était raide, moi aussi, avec son petit derrière qui se trémoussait devant moi. Je dû me souvenir au dernier moment que j'étais marié et en service pour éloigner le trouble. C'est avec un certain empressement que j'effectuai le travail. Elle voulait tout savoir, adossée au mur une jambe repliée, je voyais sa petite culotte blanche, quelle tentation ! D'autres situations similaires avaient mis ma

fidélité à l'épreuve, mais je tins bon et tenais à ma femme. L'administration en cas de plainte, aurait été ferme avec les sanctions qui auraient suivi. Des histoires d'abonnée sans culotte faisaient alimenter des fois les fantasmes au casse-croûte. Mais, où était la vérité ? J'étais incrédule et ce n'était pas ma tasse de thé, alors. Ma femme en jeune mariée me regardait en rentrant d'un œil inquisiteur : a-t-il l'œil vitreux, les soucis, la fatigue. Maîtresse des fois, un peu maternel à d'autres moments, mais elle avait un peu raison de s'inquiéter.

- Nous avions un chantier d'extension de réseau dans le vignoble, aussi nous tirions nos câbles à l'aide de cordelettes aiguillées au préalable dans la conduite. J'enroulais les cordelettes dont on n'avait plus besoin, pourquoi mettre en vrac ce qui peut être enroulé, ça peut servir. Un viticulteur sorti de sa cave avait flairé la bonne occase pour récupérer quelques écheveaux.

- Bien costaud vos cordelettes ! Ca me ferait de bons cordeaux quand je plante mes jeunes vignes. Elles avaient 300 m de long, de quoi faire et je lui fis plaisir.

- Entrez, vous n'allez pas partir comme ça ! Sa cave, tout en grès rose était magnifique. Des vieux outils, paniers, veilles bricoles, témoins du passé décoraient l'intérieur.

- Une planchette pour chacun, prenez place.
Mariette avait compris et ramenait des bouteilles de vin, une miche, et du lard.
Mal barré, m'étais-je dit ! Histoires du passé, anecdotes, blagues, je sentais les copains scotchés sur la banquette. A 18 heures il fallut renter, dur de se lever, je n'avais pas l'habitude. Le chauffeur arrivait encore à rouler droit, mais le copain devant nous avec son camion nacelle partait à gauche, comme ses idées surtout quand il avait bu. Mais pour l'instant nous lui faisions des appels de phares pour qu'il tienne sa droite. Une chance ce soir-là d'être rentrés sains et sauf, mais j'avais pris conscience qu'à jouer comme ça un jour on le payerait.
Ma femme m'avait accueilli fraîchement, jeune marié elle n'avait pas envie d'abriter un alcoolique dans notre petit appartement tout propret que l'on avait aménagé avec soins. Ma seule envie ce soir là, les genoux à terre était d'embrasser la cuvette avec la ferme intention que cela ne m'arrive plus. La mine plutôt pâlotte je repris le travail le lendemain les copains avaient terminé au bistrot du coin QG, où après le travail, ils finissaient la journée. Un jour, travaillant dans sa commune où il était chef des pompiers, ancien pilote de stock-cars, il avait voulu nous montrer ce dont il était capable, et nous avons fini en équilibre sur le bas côté le nez dans le vide. J'étais à l'avant, et du escalader les sièges pour sortir à

l'arrière gauche, prendre appuis sur le pare chocs, faire contre poids, car la voiture menaçait de glisser dans le vide avec mes trois autres copains dont un noir qui était devenu gris. Le camion d'équipe nous servit à retirer sa voiture de ce mauvais pas, et nous, les jambes tremblantes avons arrosé copieusement la falaise. Ma femme était sur le point d'accoucher et ça aurait été terrible de laisser une petite sans papa pour des conneries.

Nous avions acheté une ferme à retaper ou plutôt une ruine, mais j'étais jeune et plein de courage, alors le soir j'avais une excuse toute faite pour m'éclipser et à la place d'aller au bistrot, je travaillais quelques heures, le temps que ma femme rentre du travail avec la petite.

La nouvelle vague de jeunes rentrés fraîchement se distinguait des anciens et malgré les : tu verras dans quelques années tu seras comme nous. L'armée n'est pas arrivée à me pervertir, ça n'allait pas commencer, encore que l'homme soit faible et rien de plus facile que de lever un coude.

Ma femme, son truc n'était pas les pots, mais le téléphone. Depuis qu'on l'avait, il chauffait et les factures étaient des fois salées ce qui me faisait râler. A cette époque pas de remise pour le personnel, et mes coups de fil je les passais au travail profitant du téléphone de service dans un central.

A la place de passer ta vie au téléphone demande aux copines de passer c'est plus facile que de cancaner assise dans un canapé, non !
Mon chef me disait t'es citoyen comme chaque citoyen en France pas question d'avantages, question d'intégrité. Et pas question de bricoler le compteur ça aurait été mal vu. De toute façon on pouvait les avancer pas les reculer. Alors quand certains râlaient pour des erreurs, elles venaient principalement de gens qui bidouillaient. Je me rappelle, je travaillais sur une réglette d'immeuble, j'avais repéré une connexion clandestine. En débranchant, un homme était sorti de son appartement, j'avais du lui couper net sa conversation. Me voyant en bleu, il tourna les talons et ne demanda pas son reste. Je ne pus m'empêcher en sortant de l'immeuble, de mettre un petit mot dans la boîte aux lettres de l'abonné. Si vous vous demandez pourquoi votre consommation est élevée, demandez à votre voisin de pallier, il téléphonait sur votre compte, avec un branchement clandestin que j'ai supprimé, signé France Télécom. Confronté à la vie intime, il nous arrivait d'être plus que gêné. J'avais rencontré une dame qui se plaignait d'avoir une consommation exorbitante. Je m'étais renseigné auprès de mon collègue qui avait analysé la ligne et ne pus que lui répondre qu'elle devait porter plainte car son homme en aimait un autre et ça je n'allais pas

le lui dire. Des jours la vie n'est pas drôle! Heureusement que nous étions tous au secret professionnel. L'indiscrétion comme le vol et autres délits dans la fonction publique étaient sévèrement réprimés.

Je me rappelle d'un copain divorcé, qui de sa main molle, me disait bonjour, pas méchant, juste un peu perdu. Il s'était retrouvé la valise à la main sur le trottoir, un matin, sa blonde l'avait foutu dehors. Perdu, il campait même par le froid qui commençait à sévir, elle l'avait plumé et il ne trouva rien de mieux que de prendre deux cent francs qui traînaient sur la commode d'un abonné. Il était fauché comme les blés et comme la blondeur des cheveux de sa femme. L'abonné porta plainte et la sanction tomba sans que ça nous étonne. On savait que les sanctions étaient lourdes. Pris de remords, il était allé remettre l'argent, l'abonné avait retiré sa plainte mais l'administration ne l'avait pas entendu de la même oreille et avait demandé la révocation. Les syndicats s'étaient décarcassés et la peine retenue fut : six mois de mise à pied étalé sur un an. Il s'était retrouvé avec une demi-paye pendant tout ce temps. Ma femme m'aurait arraché les yeux, mais conscient des peines encourues, on ne s'aventurait pas sur ces pentes là, la peine étant dissuasive. Un fonctionnaire c'est un exemple, ne me la faites pas trop au violon ! N'empêche que les braquages des Recettes Principales des Postes

dans la région avaient fait grand bruit. Des copains avaient été en garde à vue, et ça laisse des traces.
- Vous êtes au courant des branchements, des connexions, des alarmes, disaient les enquêteurs. Alors dorénavant : moins j'en sais, mieux je me porte, m'étais-je dit. Ils avaient été mis hors de cause, le cambriolage avait été tellement bien fait qu'ils n'avaient pas retrouvé les auteurs. On suppose qu'un parti politique était derrière tout ça, mais ce n'était que des présomptions. Alors dans le doute, de drôles de manières de soutenir une campagne politique, eux les fonctionnaires exemplaires! Au courant de beaucoup de choses, j'avais le devoir de réserve et ne mettais pas le nez dans ce qui ne me regardait pas.
- Lorsque je cherchais ma quinzaine, c'est-à-dire mes frais de déplacement derrière le comptoir de la Recette Principale, je passais comme mes collègues par une porte à l'arrière du Central Principal plus facile d'accès, elle rejoignait nos collègues de la même boîte. Ca ne nous serait pas venu à l'idée de lorgner du côté des caisses, ne serait-ce que pour ne pas les gêner. Après ces cambriolages, fini, l'accès se faisait à l'avant des guichets, et en rang. Méfiance ! La quinzaine c'était important. On l'appelait la quinzaine car elle était payée le quinze du mois mais couvrait le mois au complet. Je la faisais virer sur mon CCP et n'avais qu'à signer le bon. Ce complément

m'aidait bien. D'autres la demandaient en numéraire les femmes ne devaient pas connaître cet apport d'argent. De l'argent de poche, c'est sacré, des petits extras du côté des belles, quelques canons avec les copains, quelques tiercés. Un petit monde secret après le travail. L'équilibre pour certains. Ma femme était tout contre moi dans mon cœur et nous avions des projets et ces petites économies rentraient dans notre bas de laine. Des heures supplémentaires, je commençais à en accumuler, et il allait y en avoir encore plus, mais ce n'était pas le travail qui manquait à cette époque.

J'avais postulé au service dérangement des câbles régionaux. En fait, l'ambiance s'était un peu dégradée, côté du groupe des picoleurs. Et certains s'étaient fait remarquer avec d'autres, lors de pots trop arrosés. Les pots de fin d'année à cette époque se terminaient tôt le matin. Ils avaient claqué leur quinzaine dans une boîte en Allemagne. Une gonzesse ramassait les pièces de cinq marks sur le coin des tables en la faisant glisser avec la fesse, et ils n'avaient rien trouvé de mieux que de chauffer la pièce au briquet. Ca avait failli mal se passer, un videur avait sorti son arme. Je tenais trop à ma femme et voulais construire un avenir, alors ma décision était prise, changer de service. Et pourtant, je les aimais beaucoup mes copains, ils m'auraient donné leur chemise, des vrais pottes, mais mon chemin était ailleurs, et techniquement je voulais faire autre chose que de tirer du câble toute la journée et faire des raccords, jusqu'à 1800 paires ça veut dire 3600 fils à raccorder ! Un jour, un Belge de passage m'avait demandé si je faisais du tricot ! Mais il faut bien raccorder tous ces câbles, sans eux pas de téléphone, pas d'alarme, pas de sirène, pas d'ambulance, pas d'allo docteur, pas de désolé... pas de chéri, alors on raccorde des câbles sur poteaux, en terre, en haut des échelles, dans les caves, avec le froid, le foutu vent et l'envie d'être ailleurs.

La boîte me permettait de faire autre chose, alors secoues-toi, m'étais-je dit. Quelque chose de plus technique, il y avait des heures et des heures de travail qui m'attendaient, mais ça ne me faisait pas peur et je demandai donc de rejoindre les équipes d'entretien des câbles régionaux. L'entretien et le dépannage de ces câbles étaient primordiales, à l'époque les liaisons entre centraux n'étaient pas encore sécurisées par d'autres liaisons type câblage double ou liaisons Hertziennes, techniques que je connaissais pour l'avoir mises en place et dépannées à l'armée. Mais j'avais tout à apprendre pour raccorder et mettre en œuvre ces liaisons spéciales. Pour cela il fallait que je parte en stage à Paris, et laisser Ma femme. C'est pour la bonne cause, m'étais-je dit. Mais on m'arrachait un doigt et je fis quand même l'effort.

Me voilà rejoignant la capitale, dimanche soir avec l'estomac un peu noué. J'avais réservé une chambre avec un copain, on devait fonder une nouvelle équipe d'intervention pour remplacer les anciens. Eux, ayant réussi leur concours de conducteurs de chantier allaient devenir chef, avant, ils devaient nous passer le relais et les dernières combines du métier. Plus ancien que nous ils avaient réussi des concours interne. Alors la place était chaude, il fallait que nous fassions nos preuves et puis tout à un temps. Pour l'instant pas question de faire des concours, on était encore jeune et tout le temps devant nous, et il y avait Ma femme, ma petite ville, mes habitudes. J'avais assez voyagé à l'armée et je me sentais bien dans ma petite propriété, et la vie était douce. La raison première qui m'avait poussé à ne pas rester à l'armée était avant tout, les mutations et à l'armée on changeait tous les trois ans, alors ça forme des gens instables et il faut penser à sa femme, ses enfants, toujours en voyage ça déstabilise, pas trop mon truc, m'étais-je dit. Alors on verra, peut-être un jour ?
A présent j'étais en train de chercher l'hôtel.
- C'est bien là me dit Gégé !

Vu le prix, on ne devait pas s'attendre à un vrai palace mais quand même, on avait eu une petite hésitation nos valises à la main, pour franchir le pas de l'entrée. Une vieille rombière nous avait scrutés de la tête aux pieds, ça sentait le vieux. Quatre semaines, il fallait crécher ici quatre semaines, bref ça passerait et on marchait à l'économie pour gagner le plus possible sur nos frais alors on ne peut pas tout avoir, s'était-on dit. La chambre était rudimentaire, meublée de vieux meubles ainsi que d'un lit pour deux, on a fait l'armée et on a connu pire. Pour l'instant, à nous la capitale. Les valises à peine posées, métro et visites. Quelle est belle notre capitale, les Champs j'en avais plein les yeux, les passants, surtout à cette heure là n'avaient pas l'impression d'admirer, peut être blasés. Les pieds en compote je sautai dans mon lit, fallait pas se tromper ce n'était pas Ma femme qui était couchée à côté et mon aversion sexuelle pour les hommes me tenait au bord du lit. J'avais pu négocier le côté droit, comme à la maison.

Un bruit inhabituel me réveilla, klaxons, démarrage, c'est vrai, j'avais largué mes oiseaux, pour le bruit de la capitale qui s'éveille. J'allais dire qui s'énerve déjà. Un petit déjeuner à la parisienne, rapide, nous étions impatients et anxieux. L'entrée du centre, une plaque commémorative. Il y en a qui sont mort pour nous ?

- T'en a de bonnes de grand matin.
- Mon copain n'était pas trop réveillé.
Ensuite des couloirs un lieu entre caserne et collège, seule différence l'odeur de la technique, de la graisse de la vieille poussière brûlée, des vitrines, une coupe de câble sous marin reliant Paris aux Etats-Unis, coupe du câble N1 Paris Strasbourg et etc. Deux moniteurs en bleu nous attendaient, coup de louche du matin et au boulot. De petits trépieds tenaient des chutes de câble.
- Ici on ne raccorde pas comme des touristes, au sol, et en position réelle.
- Ils ont déjà bourlingué ceux-là. Après quelques présentations, le décor était planté, c'était bel et bien des vieux de la vieille.
- A la fin du mois un contrôle : apte ou non ? On n'est pas ici pour se les branler, lorsque vous aurez à raccorder et à souder un câble la nuit dans la neige ou la pluie, il ne faudra pas se demander : je ne sais plus si on fait ça ou si on fait ça ? Les abonnés, les urgences, les secours ont besoin de vous. Un central, ça doit fonctionner ou vous restez à la maison et on prend des gens compétents !

Ça avait l'intérêt d'être clair et la mission l'était également. Il avait l'œil et le coup de main. Heureusement que l'on s'était un peu entraîné aux techniques de soudure à l'étain. A cette époque les câbles régionaux étaient en plomb et les fils isolés au papier, bien sûr un

coup de chalumeau et tout partait en fumée. C'est-à-dire une nuit de travail supplémentaire. Après le raccord des fils, méthodes qui ne changeaient pas trop avec le traditionnel, on apprit la façon de les nouer avec soin, tout devait être parfait.
- Ne rien laisser au hasard, tout doit être impec !
- J'avais compris. Vient la fermeture du raccord de câble. Il fallait former un manchon en plomb qui devait assurer l'étanchéité et la solidité. A l'aide d'une batte en buis on devait battre et réduire les deux bouts en forme d'obus, puis les souder hermétiquement. Pour la soudure, la main devait être souple et l'étain en fusion ramené à l'aide d'un tissu imprégné de suif à une température bien précise. Vous insistiez un peu trop et un trou apparaissait, trop peu de chauffe et on collait, trop chauffer sa soudure et c'était une foutue perle d'étain qui apparaissait, séparation des alliages. Tout était dans le doigté, sans le coup de main, impossible de la lisser. Il avait l'œil et s'amusait même à rattraper nos erreurs.
- Je te montre et tu recommences.
- Fallait passer par-là. C'est le métier qui rentre, de l'artisanat. Deux anciens avaient confectionné à la pause un phallus en plomb.
- Artistique les gars, on verra ça à la fin du mois. Un sacré groupe, il y avait là surtout des gens qui avaient envie de faire autre chose et gagner un peu plus d'argent, un peu comme

nous. Dans le tas il y avait beaucoup de divorcés et des gens qui voulaient changer d'air, pour des raisons qui les regardaient. Nous on regagnait notre centre, mais beaucoup rejoindraient le corps des Télécommunications du Réseau National appelés à tous moments, ils intervenaient sur une catégorie encore plus sensible que nos câbles, certains se spécialisaient sur coaxial, comme mon voisin.
- J'en ai marre de travailler en égout, j'aimerais travailler dans la nature, côté Alpes ça me plairait, une mutation et avec un peu de chance je ferai un peu d'hélico.
- De l'hélico !
- Oui il y a de la place à la fin du stage, pour les Alpes, et les dépannages se font des fois en hélico pour être plus rapides et plus efficaces.
- On te dépose avec le barda et tu répares.
- Et les égouts comment ça se passe.
- Ca fait huit ans que j'y travaille et j'en ai marre.
- Il y a des avantages, mais aussi des inconvénients. Pas de vent, pas de pluie, pas de froid, mais des odeurs et la compagnie.
- De la compagnie !
- Oui, les rats.
- Tu gères ça comment.
- Au début tu balises et puis tu laisses ton chalumeau allumé à proximité, alors s'ils t'embêtent de trop, tu lui grilles les moustaches, il comprend vite. Les lundis

matin ce que j'adorais. C'était de faire les cuvettes.
- Les cuvettes ?
- Oui, à la descente des égouts des particuliers juste à l'endroit où il rejoint l'égout principal, la force de l'eau creuse une petite cuvette et là tu trouves des fois des bagues, des objets en tous genres. J'y ai même trouvé un dentier en or, insolites non, la chasse aux trésors. A la hauteur des bouches d'eau pluviales on trouve des sous, surtout après une grosse pluie, l'eau aura remuée le siphon en surface, des fois bonne pioche. Mais il y a des risques au moment des gros l'orage. Si t'es en bas, il faut déguerpir. Il m'est arrivé de laisser tout le matériel. Le garde plaque resté en surface, nous prévient en tapant sur le couvercle de la descente, on a un code, y compris quand le chef arrive. On ne peut jamais savoir ce qui se passe dehors, on est dans un autre monde, par moments il y a de la visite, des clodos, zonards, explorateurs, des drôles, des ouvriers égoutiers qui viennent dire bonjour, et des habitués qui viennent taper la causette et les clopes. Rien de méchant, voir du monde donne l'impression d'être un peu moins seul, et oublier cette impression de travailler dans un sous marin.
- Faut pas être claustrophobe.
- Ce n'est pas le truc qui me conviendrait, je préfère ma campagne et mes oiseaux.

- Ouai, mais les petites primes d'égout ça arrondit les quinzaines.
- Peut-être, mais ce n'est pas un endroit où j'aimerais travailler. Tu passes un concours et ensuite Paris, les égouts à prendre ou à laisser.
- Ne vous faites pas de souci dans un ou deux ans, vous retrouverez une place dans votre région, qu'ils disaient.
- C'est cela, je n'étais pas né de la dernière pluie c'est le cas de le dire, moi je garde mon ancien grade et eux leurs égouts. Je ne voulais pas prendre ce risque et Ma femme ne m'aurait pas suivi, elle tenait à sa campagne et à sa mère, alors le choix était vite fait. C'était un des pièges de l'administration qui faute de volontaire sait y faire pour avoir du monde à ces postes.

Pour l'instant, je m'engageais à travailler occasionnellement les nuits et les jours fériés, lorsqu'il y aurait des dérangements. C'était déjà pas mal, faut pas abuser. Les égouts, les poteaux pourquoi pas aller piocher ou vider les poubelles, sans que ça soit de sots métiers, chacun son truc. Je n'abandonnais pas une carrière de sous-officiers pour tomber plus bas. Encore que des jours vu les conditions de travail, j'avais des doutes, mais avançons, on verra et ma nouvelle spécialité me plaisait, alors. Mieux payé me permettrait d'améliorer et terminer ma ferme, alors la motivation était là. Il y avait aussi des conditions de travail

difficiles, je voyais par moment les collègues que j'allais remplacer terminer leur semaine des cernes sous les yeux, mais le sourire aux lèvres à la fin du mois.
Paris m'avait offert le dépaysement, une qualification et de quoi arrondir les fins du mois. Ma petite femme toute contente m'avait accueilli les bras ouverts, je rentrais au bercail comme on rentre de la guerre. Tout me paraissait neuf. Il faut savoir partir pour retrouver un nouveau goût aux choses. Une certitude, j'étais plus attaché à mon coin que je ne pensais, et en ce qui concerne grimper dans la hiérarchie, on verrait.
Ma femme avait invité nos amis, une petite soirée, histoire de boire un verre et jouer aux cartes, les enfants étant petits, ils se connaissaient et jouaient ensemble. Tranquillement attablés, on avait à peine commencé à jouer que le téléphone sonnait. C'était mon chef. Pas la peine de me faire un dessin. A peine soufflé, frais moulu et riche de mon habilitation, j'allais pouvoir m'exprimer.
Tant pis, je pars un câble est entrain de tomber en panne dans un vallon vosgien. Eh, oui, l'argent ne tombe pas du ciel et c'est entre les regrets de quitter mes amis, ma femme et l'excitation de cette intervention que je rejoignis mon centre et ma petite équipe. Nous étions trois, mon copain avec lequel j'avais fait quelques escapades et mon stage à Paris et un nouveau, plein d'entrain plus jeune que nous.

Le temps de raconter notre samedi tronqué, nous voilà dans la vallée en question, combien de gens sans téléphone et un samedi soir en plus ! Des abonnés qui n'avaient pu dire, je t'aime, j'ai envie de toi, vient, on sort. Ou mon mari à mal à la poitrine docteur venez vite et oui, à chaque coup de fil son importance. Alors ce samedi soir là, ma motivation était le rétablissement de ce central et les heures supplémentaires qui me permettraient de retaper ma ferme dans un petit village proche du Rhin, un havre de paix. Mes deux comparses n'étaient pas non plus à la noce.
- On se marrait bien. Ma copine commençait à être chaude. Alors, zut !
- Mon beau-frère fêtait son anniversaire, le chef me téléphone, on allait boire le champagne, ça aurait pu être lundi soir, il faut que ça tombe le samedi.
- Bref, on avait tous une bonne raison de râler. L'équipe des techniciens centraux plus près géographiquement que nous, était déjà sur place, ils avaient déjà effectué des mesures, et le dérangement tombait près d'une rivière.
- Un coup de foudre !
- Il y avait eu des orages l'après-midi alors possible qu'un éclair ait endommagé le câble. Certes, mais sur les onze kilomètres il fallait localiser le défaut et être sûr de la mesure. Les pelleteuses c'étaient nous, et en pleine nuit ça n'est pas évident. Quelques calculs intermédiaires situaient le défaut mais le câble

était tombé à zéro, alors difficile d'affiner les mesures.
- Va pour la rivière, faut agir, on ouvre, t'as les relevés, on ne va pas refaire la guerre des tranchées.
- Le chef technicien froissait nerveusement son plan.
- A trois mètres de la pille du pont, sûr, si tu te trompes, c'est toi qui ouvre. Ça ne risquait pas, il était taillé dans une queue de cerise. Une chance, l'eau lors de la dernière crue avait raviné la terre il n'était pas très profond. J'en trouve deux.
- Normal à la pose ils ont laissé un love.
- Ouais, je les love, à tous les coups, la foudre a tapé ici. Mais, il y a toujours un mais. Je coupe, on affinera une mesure. Le défaut se trouvait quelques mètres plus loin, bien sûr côté rivière. Heureusement que la crue s'était apaisé, le niveau plus bas me permit de traverser à gué et mes bottes faisaient des bruits de grenouilles dans la terre molle. J'ouvre au raz de la deuxième pille de pont.
- Oui, à un mètre de la culée.
- Reste poli !
- Fallait mettre un peu d'ambiance à défaut de chaleur extérieur. Et je ne les sentais pas en pleine forme un peu comme nous, ils avaient dû écourter une bonne soirée. Le dérangement était situé entre nos deux ouvertures.
- On a une chute, on pose une baguette, on accroche-le tout en volant, le définitif sera

36

pour la semaine. Les deux tentes montées, une chaufferette à gaz dans chacune, sans causer chacun s'activait.
- Le palace ou presque. Déjà un peu moins froid et un semblant de confort. Le Palace ça ne te rappelle rien.
- Si, mais tout aussi inconfortable. On a fait avec, mais on s'est quand même bien marré. Raconter nos vies ça passait le temps et on se sentait plus solidaire. Malgré la chaufferette à gaz l'humidité montait.
- Quand je pense que les autres sont bien au chaud. Je dirigeais mes pensées vers des choses, mes projets avec Ma femme et tous ces gens qui pourraient à nouveau téléphoner. Une voiture s'était arrêtée.
- C'est vous qui avez coupé le téléphone.
- Oui et non, le câble de jonction du central est en dérangement, on est entrain de rétablir.
- Super et un samedi soir.
- Eh, oui ! C'est raté de nous traiter de fainéant, aujourd'hui nous avions toute notre importance. Par moment le regard des gens me sortait par le nez, deux minutes tranquille le menton sur la pelle, on vous regardait comme un flemmard. Je ne fais pas de remarque quand un gars du privé prend cinq minutes devant un café. On est tous des travailleurs, il faut peut-être critiquer tous ceux qui ont une ampoule qui pousse dans la main sans avoir travaillé.

- Il me tardait d'en finir, l'humidité et les muscles qui se refroidissaient me donnaient un sentiment d'inconfort, en plus j'avais hâte de sauter dans le lit de Ma femme et lui faire des bisous partout. Le temps de tout plier, nous voilà à nouveau en route. On avait coupé le chauffage dans la camionnette et on se racontait des histoires pour ne pas s'endormir. Le jour qui se levait amenait cette note étrange de renouveau et d'inachevé. Des fêtards qui rentrent de boîte. On était très prudent lorsqu'on rentrait tôt le matin, entre les chauffeurs qui zigzaguaient sur la route et les bêtes sauvages, toute l'attention était nécessaire pour éviter l'accident. La fatigue et le chauffage sont souvent plus dangereux que l'alcool. Une harde de chevreuils mangeait paisiblement dans un pré. Super ! Le jeune ne me répondait pas il avait piqué du nez et se réveilla en se demandant où il était.
- On arrive au dépôt lui dis-je, dans peu de temps et tu seras bientôt dans le lit de ta copine, alors tu pourras reprendre là où tu t'étais arrêté.
- Ça m'étonnerait, elle n'est pas du matin.
- Alors tu auras double portion demain.
- Demain : dodo, télé, dodo, un programme qui me va !
- Moi, ça serait dodo jusqu'à midi, un bon repas, une petite balade avec Ma femme et les enfants et ensuite tôt au lit, on réattaquera lundi.

- Lundi arriva plus vite que prévu et la semaine fut difficile à passer, mais fallait s'y habituer après une nuit de travail on reprenait tout de suite le travail, de ce fait on mettait une semaine à récupérer, et puis la paye arrive et on oublie. Une par mois ça passait mais des fois nous étions amenés à faire deux, voire trois sorties, surtout au printemps à la période des orages, alors il nous arrivait de piquer du nez le temps d'arriver sur le chantier. Quelques blagues occupaient la tête et gardaient notre chauffeur en éveil. L'équipe tournait bien, la solidarité c'était important dans ces moments là et s'épauler nourrit l'amitié. Se sentir bien dans son équipe était primordial le travail s'en ressentait et on passe par moment plus de temps avec ses collègues qu'avec sa femme.

Alors l'inverse aurait été un calvaire en tenant compte des conditions de travail qui n'étaient pas géniales. Les dérangements sur ces gros câbles n'arrivaient pas souvent en été quand il faisait beau mais surtout au printemps, quand il pleuvait beaucoup, car ils étaient très vulnérables à l'eau et aux orages. Les éclairs tapaient alors dans les grands arbres proches du câble et trouvaient par son enveloppe la fuite attendue pour se perdre dans la terre, mais les dégâts étaient faits, et répéteurs, câbles et systèmes se mettaient en carafe.

Un jour, il avait plu des torrents et la fin de la vallée qui s'ouvrait vers une petite plaine était

gorgée d'eau. Notre foutu câble avait pris la goutte un peu partout, un des premiers câbles en aluminium et il nous avait fait passer deux jours et demi sans repos. Nous n'étions plus que l'ombre de nous même, crottés, les mains noires, pleines d'oxyde de plomb, les bleus raides par le suif et la stéarine de la soudure. Les gens s'arrêtaient.
- Quand pourra-t-on téléphoner ? Et quand, et quand ?
- S'ils savaient. Et cette vallée, une véritable éponge impossible d'aménager une fouille correcte pour bien se mettre à l'aise. Couché sur une bâche dans l'humidité et ce satané raccord qui ne supporte pas la moindre humidité qui, une fois refermé ne mettrait que quelques jours pour retomber en panne. Alors le téléphone résonnerait en pleine nuit et le lendemain ce serait la culpabilisation, qui a travaillé sur le câble …C'est l'agent lui qui a soudé le raccord. Alors notre fierté passait par un travail exemplaire, pour nous, les abonnés et pour nos femmes qui en avaient des fois un peu marre de nous voir partir à des heures impossibles.

Mais il arrivait que ça se passe de façon agréable. Je me rappelle nous travaillons sur un câble à fort trafique et pour construire une autoroute, il fallait le dévier et le faire passer par un parcours différent. Alors nous avions tout préparé l'après-midi de telle sorte que la mutation du câble et les coupures soient le moins de perturbantes possibles, tenant compte que nous n'avions l'autorisation de coupure qu'après une heure du matin. Alors le soir fut consacré à peaufiner notre chantier, ensuite on alla manger et pour passer le temps on fit quelques baby foot et bu quelques cafés. Malgré ça, le copain était atteint d'une envie de dormir phénoménale. Alors la mutation nous la fîmes à deux. Heureusement que tout était prêt et que la fraîcheur du soir nous avait bien réveillés. Ca aurait fait négligé tous les trois entrain de dormir. Le coup de pompe passé, on termina la nuit par une course avec les véhicules de service dans le gravier de l'autoroute en construction. Notre travail était terminé et bien ficelé, l'essentiel.

Avec l'augmentation du trafique toute intervention devenait plus ciblée, programmée. Avec les circuits à haut débit, fini les conversations en clair, les confessions intimes, croustillantes ou graves que l'on entendait sur les appareils de liaison nous permettant de diriger fils par fils les coupures, et lors des tests de raccord, on attendait la fin de la liaison pour couper les échanges. Mais secret professionnel oblige, on oubliait tout en coupant. Les interventions devaient être rapides, quitte à tirer du câble volant, la chefferie se déplaçait pour vérifier, elle devait avoir le feu au cul. Rentabilité, tout câble

important en dérangement sonnait sur l'écran de contrôle du centre principal surveillé jour et nuit. Les nuits de travail s'accumulaient. Le personnel plus fliqué. Un matin après une nuit de travail la commandatur était là pour vérifier la ponctualité.
- Encore en retard !
- Tu faisais quoi cette nuit ? Moi, j'ai travaillé alors ravale ton arrogance.
- Ca ne plaisait pas de répondre à un chef de cette façon. J'avais dit un jour pas content, tu viendras la prochaine fois. Moi, je te réveille en pleine nuit ça te fera des pieds.
On nous reprochait en plus avoir de jolies payes.
- Travaille la nuit, le jour au froid avec les responsabilités, tu verras.
- Mais ces réflexions me touchaient peu, enfin je pensais, n'empêche que ça blessait et il avait atteint son but.
Ma petite ferme que je retapais, malgré le peu de temps que j'y consacrais prenait de l'allure et les cernes vites masqués par la grande joie quand je rentrais. Mes quelques lapins, mes poules me faisaient oublier tous les tracas, et je sentais que j'allais lentement décrocher du service de dérangement, se caser un peu, profiter de mes enfants et de Ma femme qui avaient besoin de moi. J'avais envie de changement.

Encore un dérangement et dans la gadouille des égouts. On avait passé la nuit à dépanner un répétiteur perdu en montagne, la forêt nous entourait et le câble avait été posé en pleine pente, la route serpentait mais le câble suivait tout droit un tout à l'égout qui lui aussi avait pris la solution de facilité, normal. N'empêche qu'il était peu étanche et renâclait. Nous étions obligés de descendre notre matériel avec des cordes, la bouteille d'azote qui permettait les essais d'étanchéité, les groupes électrogènes. Une véritable expédition. Bien sûr dans ces cas les chefs étaient bien au chaud, pas con ! Une nuit pénible dans des conditions difficiles, peut-être une de trop. On n'osait même plus sortir de nos tentes où il faisait bon avec les chaufferettes. Mais, pas le choix, au-dessus il y avait un centre de cure, des malades, et un central qui alimentait des petits villages perdus dans cette immensité de sapins noirs.
Ma femme m'attendait et m'attendait toujours, inquiète, elle n'osait souvent pas se coucher. Mais notre but était atteint et les enfants jouaient dans la grande cour de la ferme, alors Ma femme me fit comprendre qu'il était temps de lever un peu le pied. Elle avait repris un travail et les fins du mois étaient moins difficiles alors je devais évoluer ou tout changer.

Mon beau-frère m'avait demandé si une place dans son usine ne m'intéressait pas. Quitte à changer. Pourquoi pas ? Lui avais-je dit.
Il lui fallait quelqu'un pour démonter une chaîne de production et la faire réinstaller aux Iles Maurice. Pour changer ça allait changer. Ma femme était assez enchantée de cette proposition, les enfants n'étaient pas encore à l'école primaire, alors pourquoi pas. Ma maison, je la prêterais à la famille contre bons soins et restitution à mon retour. Enfin autre chose que la routine, changer d'air, et merde à mes chefs qui ne pensaient qu'à faire des concours monter de grade au détriment des collègues, le carriérisme. La reconnaissance, on oublie, ils ne s'intéressaient qu'à leur tableau de bord, avaient-ils oublié leur séjour en équipe, les franches rigolades, les brochettes entre midi et deux lorsque le temps le permettait ! Mes heures supplémentaires commençaient à me peser, une santé peut être fragilisée, en plus toutes ces heures ne compteraient pas pour la retraite. Ma femme voyait que je ne me sentais plus très bien dans mon travail.
- Tu parles comme un charretier, t'es excité, nerveux, tu ne supportes plus rien.
J'étais devenu irritable et lorsqu'on souffre on a du mal à s'analyser par manque de recul.

Déterminé, la décision était prise, il fallait changer. L'idée de demander une disponibilité m'attirait, d'autres gens et je me valoriserais, je retrouverais la maîtrise comme quand j'étais sous-officier ça me manquait. La reconnaissance, et en bas, en bleu je sentais bien que l'on se faisait de moins en moins respecter. Je m'étais pris la tête avec un abonné, une femme qui m'avait pris de haut, une femme de toubib, alors je l'avais remise à sa place, d'autant plus que j'avais fréquenté la même école que sa fille. Paf ! C'est tombé sur toi, moi, ça m'a fait du bien, tout en sachant que mon arrogance pouvait être sanctionnée. Mais je sentais que tout changeait autour de moi, déjà oublié cette camaraderie tout le monde pensait concours, bien loin les PTT.

A présent France Télécom et le sigle qui allait avec. Depuis peu les couleurs des voitures mutaient, on en avait même des bleus marines comme les gendarmes. Amusants, les techniciens qui venaient avaient un 504 break, il nous suffisait d'ouvrir le coffre pour voir les gens le long de la route piler. On avait une caisse grise que l'on plaçait parterre derrière la voiture, efficace, lorsqu'on voulait faire ralentir les voitures. Ils s'étaient rendu compte du mélange des genres mais un peu tardivement, en haut lieu on se demande à quoi ils peuvent penser quand ils prennent ce genre de décision.

Moi, j'en veux une rose. Mon chef n'avait pas apprécié, je m'en foutais, je ne pouvais plus le voir.
L'écart se creusait entre la base et la maîtrise. Faites des concours. Les entreprises privées et sous-traitant ne demandent qu'à prendre vos places, les syndicats s'en mêlaient et on sentait que la brèche s'ouvrait. Où allait-on ?
Tous un peu déstabilisés, faire des concours que ça en tête, que cela cache-t-il ? L'avancement par des concours permettaient de grimper, moi je n'avais pas envie de me retrouver muté à Paris, les égouts, non merci. Fallait pas rêver, jeune conducteur de travaux, j'y aurais eu droit, même momentanément, pas question. Et qu'ils gardent leurs HLM et leurs feux rouges, je préférais mes prés et les dimanches matins délicieux, mon appareil photo à la main surprendre la faune et oublier tout ça.

J'avais entendu quelques bribes, quelques groupes parlaient entre eux, que préparaient-ils.
- T'es au courant, moi, qui ne suis pas trop mégère.
- Non ?
- Le bureau d'étude du centre principal est scindé, ils en créent un ici et il leur faut des dessinateurs, du monde pour les études et pour les contrôles. L'annonce me fit tilt surtout

que la place aux îles Maurice tombait à l'eau mon beau-frère était muté au Canada et ne pouvait plus me former, alors le train allait passer devant moi et je sentais qu'il ne fallait pas le louper. Ma femme était prête à m'épauler. Je sentais qu'il y avait une place pour moi.
- Un véritable interrogatoire d'embauche en plus par un parisien, pas que je ne les porte pas dans mon cœur, mais ils savent tout. Bref, plusieurs choses de mon côté, j'avais fait du dessin industriel et j'avais une solide expérience du terrain et mon profil lui plaisait. On se revit quelques jours plus tard, j'étais reçu, mais à l'essai. Lors de mon entretien il m'avait intrigué par une question au sujet d'un inspecteur. Vrai que j'avais une grande gueule et que je n'allais pas par quatre chemins. On s'était enguirlandé et en tant que chef de groupe je lui avais dit ma façon de penser. Ca m'énervait, on venait de faire un chantier tout en aérien dans la pire des périodes et il avait plu tout le temps, il aurait pu décaler cette programmation, de plus, rien n'urgeait.
- T'es bien, le cul au chaud, tu t'en fous de la bleusaille. En plus, il venait de me donner les plans de la construction d'un câble en plein champ et en hiver. L'été on venait de travailler en ville. J'avais certainement raison, mais il était inspecteur alors l'interrogation du Parisien venait-elle de là ? Avait-il flairé une grande gueule ? Je n'allais pas me faire

marcher dessus. Oubliez-moi un peu. Tout bougeait, un nouveau centre allait être construit. A croire les syndicats : la cité idéale, vrai, tous y planchaient, groupes de travail, on demandait l'avis de tous, des parkings couverts, un accueil, un magasin tout neuf, un labo pour les épreuves béton de nos ouvrages. On sentait naître une boîte relookée.

On changea une ixièmes fois de logo. Ce nouveau centre étudié de fond en comble ne pouvait pas échouer, il devait devenir LE CENTRE. Ils avaient même pensé à la cafétéria, des locaux syndicaux, une salle de conférence. Un nouveau monde. Que se cachait-t-il derrière tout ça ? Eh! Oui, plus de casse croûte à l'extérieur un peu d'ordre et l'œil de Moscou. Un espion chez les syndicats, une mémère à la fenêtre pour voir les allés et venus, une pointeuse, tient ! En contrepartie, des horaires souples pour faire passer la pilule. Ca ne passera jamais et puis, c'était des propositions alors.

J'avais pris mon service au bureau d'étude. A peine là, je me pris la tête avec un mec qui voulait m'apprendre mon métier. Il rigole avec son stylo dans sa petite blouse toute proprette. Des grands gestes il prenait les gens de terrain pour des cons. Je sentais qu'il fallait que je fasse mon trou et me faire respecter. Je tâtais à la bureaucratie.... Sur le terrain un bon coup de gueule et sa se terminait devant une bière. Ici tout était plus sournois, plus de problèmes météo, mais des problèmes relationnels à gérer. Je me fondis doucement dans le moule de concepteur de réseau m'appliquant du mieux. Les félicitations de mon chef de projet me firent presque rougir. Ce qu'avait dit l'inspecteur l'avait laissé dubitatif, mais il avait du reconnaître qu'il avait été peut-être un dur avec moi. Bref, ça se passa bien. Mais il n'allait pas m'endormir, j'étais sur mes gardes.

Plus ou moins gérer le copinage briser les clans, les groupes, il fallait diriger pour casser et développer la boutique.

Les Télécoms étaient rentrées dans une phase où tout devait être planifié. On travaillait avec le département, la région nous étions au courant des grands travaux routiers, coordinations avec la voierie, avec les pôles économiques les schémas directeurs d'aménagement et d'urbanisme, on se callait avec les plans d'occupation des sols. L'essor des Télécom se faisait sentir partout. On ne travaillait plus comme dans le passé. Le téléphone rentrait dans les ménages à grandes enjambés. Tout le monde devait être raccordé, équipés de minitels. La fin du tout aérien, fini les fils nus du début de ma carrière, on était passé à la vitesse supérieure, des crédits d'Etat presque illimités et les bénéfices remboursaient les emprunts. On enfouissait à tout va, on ouvrait les routes. Des projets, je rentrais fatigué, plancher sur une table à dessin vous vide plus qu'une pelle et pioche, mais tellement enrichissant, je m'éclatais. Je travaillais en kilo franc en méga francs à des fois en perdre la notion. Mais ma tête était restée froide et ma paye ne se situait pas en kilofrancs. Mes heures supplémentaires me manquaient, mais on ne peut pas tout avoir. Mes copains de galère, l'ambiance ouvrière, la solidarité, les casse-croûtes animés. Ici tout paraissait individuel. Je n'avais même pas envie de me confier, au risque que ça se retourne contre moi. Ma femme était fière de ma réussite, j'avais passé le cap, j'étais aussi plus calme, malgré la drôle de bande au bureau. De grands airs à la parisienne, tu sais, le geste haut, tu sais voilà l'art, c'est ça à dire t'es qu'un bouseux. On m'a demandé un jour où j'avais mis ma caisse à outils. J'avais compris. Je n'avais pas répondu à la provocation surtout venant de quelqu'un qui puait l'alcool, la sueur et le tabac de grand matin. On ne peut pas jouer aux cartes toute la nuit et être frais le lendemain. J'étais plus diplomate, quelques années au paravent ça se serait mal terminé. Je ravalai ma salive, et saurai le moucher un jour en me disant : ton jour arrivera !

Je m'étais bonifié, à présent je m'occupais d'écologie de photos animalières et de ma petite famille. Je revoyais mes copains de terrain certains avaient comme moi pris le même train et avaient changé de travail et de service. Certains un peu perdu, les copains manquaient aussi ils les retrouvaient le soir au bistro. Pas très bien ! Tout évoluait à une grande vitesse, les centraux étaient doublés par des liaisons hertziennes, plus besoin de travailler des nuits entières. Le personnel était moins sollicité et il y avait plus de sécurité. Avec le recul, de retour de nos nuits, on aurait pu se foutre en l'air à n'importe quel moment, pas difficile de s'endormir et pas très légal de travailler tellement d'heures d'affilées : des vingt-quatre, des quarante heures d'affilées. Et la législation ? On s'asseyait dessus, les intérêts supérieurs, et la notion de service publique. Un jour mon ancien chef m'avait demandé de faire un dérangement de nuit, il manquait du personnel. Pas question de retourner dans la bouillasse, je n'allais pas lui donner des mauvaises habitudes. Il ne pouvait pas m'obliger et partit la queue basse. Mon travail me plaisait, la conception et le dessin, mais avec les réorganisations on sentait les services changer à tout va. Performance, fiabilité, où allait-on. Je crains un moment pour ma place, se retrouver en bleu, je n'aurais pas supporté, j'aurai démissionné, on ne recule pas, j'aurais fait un concours ou tout autre chose. Mais ce type de manœuvre préfigurait des restructurations, et

à nouveau ce besoin de déstabiliser un peu comme dans le temps quand une équipe s'entendait trop bien, il fallait la séparer pour garder la maîtrise. Alors on lance des idées, des rumeurs qui font des petits et des soucis à ceux qui sont sur la sellette. Même les syndicalistes se faisaient pister jusqu'à la maison. Monsieur, vous êtes rentré chez vous à telle heure, vous avez quitté avant l'heure. On vous a vu faire une course ! Vous aviez votre maîtresse dans la voiture, une noire !
- Ce n'était pas ma maîtresse mais ma fille que j'ai adoptée !

Fini les pots de fin d'année ou le directeur vous tapait sur l'épaule. Les comment allez-vous, la compétition, l'élitisme. Et la mauvaise ambiance soutenue. Fallais que je sache, j'étais allé voir le chef des projets pour qu'il précise sa nouvelle organisation. Je voulais pêcher l'information directement. Je sentais que je l'avais un peu gêné par ma question abrupte, mais sentir tous les jours cette épée de Damoclès au-dessus de ma tête et tous les jours des insinuations.
- Je comprends, oh combien les gens du privé, comment ils doivent se sentir mal dans les boîtes ou tout va de travers. Mais, moi, j'avais choisi de gagner moins pour avoir la stabilité dans mon travail. Alors, j'avais l'impression qu'on me changeait la règle du jeu. J'avais suivi les conseils des anciens, je les avais pris

pour exemple et me rendais compte que ma vie professionnelle ne sera jamais comme la leur.

France Télécom mutait à nouveau on demandait des comptes, des devis, des bilans, et on se profilait comme une véritable entreprise privée, rentabilité, maîtrise des coûts.
Pendant longtemps le guide était la capacité de brancher tout le monde, l'offre Télécom et l'esthétique. On n'hésitait pas à enterrer à tous va, même faire des cadeaux aux maires et à nous même, quel plaisir j'avais de retourner sur mes chantiers et voir plus aucun fil en l'air, le sentiment du travail bien accompli. A présent le premier mot était gestion était-ce rentable ma proposition, l'esthétique était moins importante. Je sentais que tout cela allait me déplaire. Ma femme, son travail lui prenait de plus en plus de temps, les enfants grandissaient, on était au cœur de nos carrières. Mes indispensables dimanches matin étaient pour moi l'occasion d'oublier tout ça. La nature m'intéressait et me permettait de m'évader, exprimer mon idéalisme. J'avais pris des responsabilités dans le monde de l'écologie associative, une vraie soupape, quitter l'ambiance des bureaux était indispensable. Je me repliais comme pour devenir plus compact, un retour intérieur se retrouver. J'avançais doucement dans ma

carrière, je me sentais bien, même très bien, je maîtrisais et j'étais passé à la vitesse supérieure. Gros travaux, j'allais aux réunions de coordination de la ville sans me donner de l'importance, ça me donnait une confiance supplémentaire en plus mes chefs étaient contents de mon travail. Mais en même temps, avec la vie de bureau, je m'isolais de plus en plus et faisais un travail individuel avec la responsabilité en plus ce qui ne fit que me bonifier. Les copains en étaient un peu jaloux, mais le travail est le travail, la vie privée c'est autre chose, pas de mélange. Je ne partageais mon petit monde intérieur avec personne en parfait individualiste. Ce qui me choquait était cette fugacité des sentiments, des gens vous connaissent, et qui en dehors du contexte ont du mal à vous adresser la parole, la course et à force de tout vouloir oublier, on oublie l'autre. Comme si évoquer le travail, gênait. Je côtoyais certaines personnes que je n'aurais jamais voulu fréquenter en dehors.
- On va dire qu'un pallier dans la carrière était passé, je trouvais calme et équilibre. Mais il fut de courte durée.

On sentait la fièvre de la bourse monter, chacun plus ambitieux plus gourmand plus avide de bénéfices. Chacun voulait gagner plus que l'autre, chacun avait une bonne combine. Certains un peu frileux misaient sur des

valeurs sûres, d'autres risquaient et même risquaient gros. Rien de tout ça ne m'intéressait, je mettais mon argent de côté pour me payer un petit pied à terre, un coin pour échapper à la grisaille hivernale d'Alsace.
A force de jouer aux cons, arrêtez de vous exciter les uns les autres, un jour vous allez perdre gros.
- T'es pas joueur.
- Non, pas avec mes économies et prendre le risque de tout perdre. A côté de moi le collègue jouait avec l'héritage de sa femme.
- Fais attention que ça ne tourne pas à la catastrophe.
- T'inquiète !
Et ça n'a pas raté. Crash boursier. Il était tous penauds attablé sur leur journal, atterrés. Mon collègue avait perdu gros et sa femme ignorait tout. Quel lundi, il était peint en noir, et le bureau fébrile. On parla en essayant de se rassurer que tel ou tel aurait perdu toutes ses économies d'autres leur héritage ou la valeur d'un prêt. Plus de vingt-deux pour cent de chute en un jour et la fin du mois n'était pas encore là. L'angoisse montait pour ceux qui avaient acheté à terme, le couperet de la fin du mois serait terrible. Que d'insomnies en perspective !
- Faut pas vendre.
- Vite dit, mais payer, et la facture serait salée.
- J'avais senti cette fièvre du jeu monter. Certains avaient déjà pensé à voyager, acheter

un truc sur la côte. Je planchais sur mes projets, j'avais du travail à rendre et ça ne m'intéressait guère, je n'étais pas joueur et mon truc aurait plutôt été l'immobilier, du sûr peut-être mon côté terre à terre, ce que l'on touche, du concret, et un sous est un sous. Je n'allais pas tout casser, tout ce que j'avais construit avec Ma femme, toutes ces heures difficiles passées sur le terrain à accumuler quelques économies, et c'est peut être ça qui a fait que je ne me suis pas laissé embarquer, folie ! Si j'avais voulu jouer au grand, j'aurais fait des placements divers, un peu dans l'or, un peu du long terme, des start-up, un peu de tout, diversifié. Bref, boursicoter intelligemment et non jouer au poker. Autant la fièvre était retombée laissant certain exsangues, autant le calme dans la vie reprenait, j'avais un programme et les gros projets allaient bon train. Les investisseurs ne s'arrêtaient pas : il fallait équiper. Le minitel intéressait tout le monde, l'annuaire électronique, les services, et bien sûr le minitel rose. On avait même surpris un gars de la maison qui s'était branché sur une cabine téléphonique. Pour en faire profiter ses amis, avait-il dit ! Un agent des dérangements avait été intrigué par ce fil qui, bien camouflé, partait d'une cabine téléphonique publique. Suspicieux, il l'avait suivi et persuadé d'un branchement espion ou d'une écoute indiscrète, il était tombé chez un collègue.

Sans vouloir casser le copain, mais par soucis de justice, il avait signalé la fraude. L'autre avait peut-être écouté des conversations, qui sait ? Il ne voulait pas se mouiller, et tout fut rétabli. L'agent eu les remontrances et les sanctions, avec en plus : la honte. Mais le minitel intéressait plus d'un, au travail certains s'occupant à dénicher des services non payant. Et comme partout, il y a ceux qui s'affairent, ceux à qui on charge le mulet et ceux qui se portent très bien sans rien faire. Sur le terrain ce phénomène était moins courrant. Du concret, à la fin de la journée on voyait ce que l'on avait réalisé et difficile de ne pas travailler d'autant plus que zoner dans la camionnette ça se voyait et les gens n'auraient pas hésité à cafeter. C'est incroyable la façon dont se comportent les gens. Qu'ils se mêlent de leurs affaires ! Mais c'est plus fort qu'eux.
Profitant d'une journée de pluie après le casse croûte du matin alors que je travaillais encore sur le terrain nous avions profité de faire toutes nos commandes et notre paperasse au chaud, vu le peu de gens dans ce bistrot nous gênions personne et nous avions le temps d'organiser notre nouveau chantier. Ca nous a valu un coup de fil et l'arrivée de notre chef. Nous n'avions rien à nous reprocher, peut-être d'avoir choisi un bistro avec un voisinage de cons. Lorsqu'on travaille dehors qu'est ce qu'on peut se faire épier. Mais dans la tête d'un envieux ou d'un mal... c'est ses impôts

qui nous payent. Faudrait qu'il se mette au courant. Les budgets annexes ça existe et ça faisait un bout que l'on sentait la séparation avec nos copains de La Poste. Sans devenir des étrangers on sentait que l'on dérivait, malgré les points communs comme les services sociaux et les cantines. Et là on devinait dans leurs rangs, les services financiers des services postaux plus ou moins enclins à se mélanger. Mais ça, c'est l'évolution et on sentait cette vague de modernité à tous les étages. L'informatique était rentrée sans créer de remous, il y avait déjà les frondeurs du minitel. Avec les : ça me fait suer ! Alors effectuer les devis sur une bécane. Et oui, on y passera tous, et les devis obligatoirement devaient être de plus en plus précis. Venu du terrain grossir les rangs du bureau d'étude certains avaient du mal à se faire au clavier, ils avaient subitement les doigts fourchus, bizarre, non. Et on entendait, je ne suis pas rentré aux Télécom pour devenir secrétaire. On sentait que pour certains ça serait difficile. Il y a toujours ceux qui s'adaptent vite, ceux qui traînent la savate et qui attendent les pionniers s'aventurer, alors on verrait ! Mais le progrès était incontournable et on sentait que ça allait encore changer et que ce n'était qu'une phase. Mais habitués aux nouvelles techniques et à la constante adaptation qu'il en résulte, on s'y ferait. J'avais connu en peu de temps, les téléphones à magnéto, un coup de sonnette et la standardiste passait le vingt deux ou la ligne, l'automatique, l'électromécanique puis l'électronique, le minitel, les concentrateurs, où allait s'arrêter l'évolution. Pas pour l'instant car la demande était très forte. Dans tous mes projets, je comptais un appartement, une ligne. Même s'il n'était pas totalement indispensable, les pipelettes faisaient grossir le chiffre d'affaire. Ma femme ne s'en privait pas, combien de fois pendue au bout du fil, elle me fâchait. Mais qu'est ce que t'a à expliquer aux copines, invites-les. Mais les femmes ont par moments des comportements, on ne discute pas en face et le compteur tourne. A cette époque j'avais un forfait payé par la boîte, appelé téléphone de service pour que ça ne fasse pas, avantage en nature, les impôts se seraient frottés les mains. Il me permettait, en gérant correctement les communications, de ne pas payer de téléphone. N'étant pas bavard du moins pas au téléphone, mais elle arrivait à tout craquer. Merci à Monsieur Mitterrand, dans sa grande générosité, il nous avait donné ces unités gratuites. Au moins ça de pris, car les payes n'avaient pas évolué avec le socialisme. On arrivait à avoir des primes, ça et là mais qui ne faisaient toujours pas un treizième mois contrairement aux gens qui disaient : vous travaillez aux Télécom, c'est bien payé ! Ils nous confondaient avec EDF et encore ça se

discute. Moi, je ne parle que de ce que je connais.
Je me rappelle d'un Noël, on venait d'avoir notre premier enfant.
Ils vont bien nous faire une petite fête, m'étais-je dit. Maigrichonne, elle avait le mérite d'exister. Une chance que ma fille soit encore petite, dans le cas inverse j'aurais eu honte de son cadeau. Certes l'intention était là, les moyens certainement pas, et le personnel chargé des achats avait fait le maximum avec le peu d'argent dont ils disposaient, pour l'organiser. Mais les cadeaux ne ressemblaient pas à celui des grands groupes, et c'est aussi ces moins qui laissent une profonde rancoeur au fond de soi-même. Un peu comme les remerciements que l'Etat avait fait quatre-vingt ans après la guerre. Ils avaient remercié des vieillards, c'est le même type de mentalité. Mais là, les récipiendaires étaient vivants et si la boîte marche bien ce n'était pas à cause des politiques, mais à tous ceux qui savent se lever le matin et même la nuit pour que le téléphone sonne !
- J'avais reçu un petit paquet pour ma fille, sympa, le geste. Un chien en caoutchouc, J'avais été tellement vexé qu'il avait directement atterri dans la gueule de mon chien Youky. Il était heureux et moi aussi pour cette belle attention. Ma femme était interloquée, mais comprenait, j'étais fier de

ma boutique, tellement que l'on parla bien vite d'autre chose. Elle, c'était des bons d'achat, mais dans son entreprise ils savaient communiquer même si ce n'était pas toujours très franc, ça avait au moins un but celui de resserrer les rangs autour d'une petite fête et exprimer l'estime de l'entreprise pour ses employés.

Mais le travail reprit et ce n'est pas ce qui manquait, les gros projets sortaient les uns après les autres. Le bureau d'étude tournait comme une belle machine bien huilée. J'avais présenté à la commission technique à laquelle assistait mon directeur un gros projet, il permettait de diviser un gros bourg en trois et revoir toutes les branches en ouvrant les routes, remaniement câblage : Le Projet. Il était attentif aux finances et vicieux pour trouver la petite virgule sur le plan. Il aurait vu qu'il manquait de matériel non prévu sur les devis.
- Impossible, lui avais-je répondu ! Je l'avais étonné !
- Vous, vous êtes au moins catégorique.
- Normal je compte et recompte tout trois fois, de gauche à droite et de droite à gauche, et lui démontrais que rien ne manquait. J'en connaissais la raison, certains de mes collègues qui n'avaient pas débuté leur carrière sur le terrain, auraient été contents que l'on me trouve des erreurs sur mon projet.

Il y avait cette petite guerre entre gens issus des chantiers et les dessinateurs projeteurs de métier. Ils leur manquaient l'expérience du terrain et ça c'est irremplaçable. Alors quand tout marchait comme prévu à la réalisation et qu'eux ramaient dans la difficulté, ça énervait. Mais il ne fallait pas oublier que lorsqu'ils étaient bien au chaud, nous, nous faisions notre expérience dans des conditions des fois difficiles et ce type d'enseignement ça reste dans un petit tiroir caché dans le cerveau, alors tout s'explique. J'avais bien raison, la commande de matériel et les devis étaient justes, il m'avait félicité en fin de réunion. C'était bien la première fois et ça me fit chaud au cœur. Il avait aussi voulu peut-être s'excuser et garder la tête haute, pour un Corse ça se comprend.
- C'est mon rôle et les finances doivent être surveillées de près pour garder le cap, avait-il dit.
Il parlait comme un chef d'entreprise et moi je sentais que l'on se rapprochait de plus en plus d'une logique privée. En tant que projeteur tout devait être mis sur papier, tout prévu, tout quantifié et l'informatique commençait à prendre le dessus, on commençait à parler de création par ordinateur, dessin assisté, moi, je n'avais pas trop la fibre informatique et j'aimais l'odeur de l'encre de chine et des crayons, j'y étais attaché. Je jaugeais mes efforts consentis pour travailler sur mon

ordinateur et les conditions d'exploitation du fichier technique des abonnés qui a également été informatisé. Fini les bristols soigneusement écrits et rangés dans les grands tiroirs métalliques qui grinçaient à chaque demande de renseignement. J'aimais venir dans ce service. Il y avait des femmes, et elles étaient sympas, un petit sourire et une odeur de parfum me changeait des poignées de main viriles et des odeurs bien particulières des centraux. Je disais à Ma femme si je te trompe au travail avec le peu de femme qu'il y a, c'est que je serais devenu homo. Il y en avait bien une ou deux mignonnettes, mais les concours étaient anonymes, pas de nom, pas de photo, alors ça s'explique. Les jolis petits lots étaient à la direction générale. Sur ce point de vue, on ressemblait déjà à une entreprise privée. D'ailleurs on venait de se faire transformer en société anonyme. Les anonymes c'étaient plutôt nous ! On sentait bien vers là où on devait aller et ce n'est pas les élections gagnées par le parti socialiste qui allaient changer quelque chose. La Machine mis en route par Pompidou entretenu par Giscard n'a pas été freinée par la gauche. Elle roule pour vous et maintenant c'est la CEE qui s'y met avec ses directives européennes. Mais à France Télécom rien ne nous inquiétait et notre faculté d'adaptation était à toutes épreuves. Au bureau d'étude je côtoyais des agents qui se présentaient dans le temps le lundi matin, chaussures cirées, pantalon de bleu pli de fait, la casquette sur la tête, une casquette qui leur servait aussi à indiquer les rotations des fils, la visière droite, gauche ou arrière indiquait la position des fils d'une portée à l'autre pour éviter ce que l'on appelle la diaphonie, cet effet transfo, de là au bureau d'étude quel beau parcours professionnel coller aux objectifs et cette volonté de se surpasser. Il y avait ceux qui avaient trouvé que conduire des voitures nacelles ou des camions était de leur compétence et ne voulaient pas changer de métier au sein de la boîte. A présent je dessinais, je pianotais, je concevais, je chiffrais, qu'allais-je encore faire. Un petit break quelques vacances avec Ma femme, elle me trouvait nerveux, soucieux, le travail, rien de plus et puis tout devait être carré, responsabilités oblige.

A la base nous ne sommes pas comme des politiques qui eux lorsqu'ils font des conneries arrivent toujours à se faire recaser. A ce sujet pas la paye, mais nous endossions les responsabilités. Lorsqu'un de mes projets partait à l'exécution certains anciens collègues s'amusaient eux aussi à chercher la petite bête, histoire de tester.
- T'as pensé à tout, le sourcil inquisiteur, mais des fois c'était utile un bon garde-fou. La coordination se faisait facilement, on parlait à

des gens qui avaient tous démarrés en bas avec la pelle et la pioche alors quel plaisir de concevoir des nouveaux réseaux de faire déposer tous ces fils pour découvrir des rues à la fière allure de leurs pignons dégagés. Mais ça, c'était la cerise sur le gâteau. Construire, quel plaisir et lorsqu'un maire avait un peu d'argent on coordonnait les travaux de voierie avec une opération de dissimulation intégrale des lignes, le sommet de l'art. En plus, s'il en profitait de mettre un réseau d'eau ou de gaz à niveau le plaisir était complet à la visite de fin de chantier.

La gestion financière prenait le pas l'évidence lorsqu'on parle d'ouverture du capital. Pour l'instant France Télécom appartenait à la France, seule actionnaire. Mais le capital de notre nouvelle boîte avec son logo tout neuf marquait une aire nouvelle. Il y avait des projets bien secrets dans les cartons tout mutait comme si tout était inscrit, mais rien ne transpirait même pas par les syndicats. Eux étaient complètement anesthésiés par la gauche. Il ne faut pas faire de grève, leur laisser leur chance, que tout se mette en place. J'avais l'impression d'un consensus secret avec les syndicats et pourtant si le gouvernement était réellement celui des syndicats, sans trop discuter on aurait pu obtenir une augmentation de salaire, le treizième mois et plus. Les employés de banque avaient bien le leur et même le quatorzième si pas le quinzième. EDF n'était pas en reste, en plus des comités d'entreprise, des avantages sur leur facture d'électricité et ce n'était pas peu. Nous, juste un petit forfait sur les communications téléphoniques que ma femme ou mes enfants me consommait rapidement. J'oubliais, la gratuité de l'installation, facile, on l'avait tous payé de notre poche. Alors, c'est comme les médailles militaires on les distribue lorsqu'il n'y a plus d'ancien combattant. Ma facture d'installation je l'ai encore sur le cœur. C'est moi qui avais effectué l'installation et la pose et n'étant pas du service abonné, je l'avais fait en dehors des heures, et payée au tarif fort. A cette époque, ils avaient monté le prix du branchement pour limiter les demandes. Pour l'instant pas de manne socialiste, mais on sentait qu'il se tramait des choses.

L'annonce arriva comme une vague. Lorsqu'il se passait quelque chose d'inhabituel des petits groupes se formaient, alors des fois le ton se durcissait et on sentait la fièvre monter. L'ouverture au capital était décrétée. On commençait à voir le pare chocs du rouleau compresseur et sous un gouvernement socialiste ! Mais il y avait l'Europe et l'ouverture à la concurrence des autres

opérateurs européens, alors tout se vend, tout s'achète, la bourse allait pouvoir se frotter les mains. Et, nous ? Rumeur, on nous distribuerait une part du gâteau, ça y est les ouvriers auraient une poignée de dragées roses.
Une grand'messe en vidéo projection nous permettait de prendre connaissance du programme. Des échanges interactifs, questions filtrées, faut pas rêver un ou deux centres bien précis pouvaient s'exprimer, et pas n'importe qui ! On vendait ma boutique, mais l'état restait majoritaire avec plus de cinquante pour cent, mais ça voulait dire qu'à n'importe quel moment elle pouvait vendre. Je la sentais comme ça, fragile, prête à tout brader et donner le tout en pâture à la faune du Down John, du Nasdaq ou à d'autres prédateurs sans état d'âme. L'argent, c'est de l'argent, autant en France nous étions encore respectueux des traditions des investisseurs, du passé, des grandes industries autant chahutées que la sidérurgie, la SNCF, heureuse d'avoir un programme TGV et EDF des nouvelles centrales nucléaires encore qu'elles n'appartiennent pas en totalité à l'état. Ma femme m'avait dit, ils ne vous oublieront pas. Elle, et son optimisme légendaire. Ce n'était pas la peine de plancher sur mon dernier projet, le bureau d'étude était en effervescence.

- Moi, si on peut avoir des actions à prix réduit, j'achète.
- Moi aussi !
- Pourquoi pas !
Ne commencez pas, je me rappelle le lundi noir, la bulle éclate et paf vous retombez sur le derrière.
- Toi t'es de la campagne !
- Oui, des valeurs sûres.
- Tu pourrais investir dans ta résidence secondaire.
- Oui, mais quand. Ca m'étonnerait que l'on puisse vendre rapidement. Tous faisaient des projets, on aurait dit qu'ils avaient gagné au loto.
- On déchantera.
- Qui sait ?
Des bureaux étaient réquisitionnés pour permettre à des initiés nous expliquer les modalités d'acquisition. Il y avait là des étudiants, des initiés et certains branchés Télécom qui baignaient déjà dans la gestion allaient nous expliquer les conditions d'achat. Je n'écoutais que d'une oreille. Elles avaient filtré, et je me disais que si je ne prenais pas une part du gâteau quitte à la perdre, tout me passerait sous le nez, je perdrais de toute façon ma boîte pour qui je m'étais investi et à laquelle je croyais, alors risquons. Je n'avais jamais ressenti ces sentiments étranges. Tous parlaient des télécoms comme de leur propre aventure, les anciens, les retraités pourraient

eux aussi avoir un bout du gâteau à tarif réduit, qu'en pensaient ceux qui avaient planté des poteaux toute leur vie. Des anciens que je connaissais, usés par tous ces efforts, qu'en pensaient-ils. Certains n'avaient pas bénéficié bien longtemps de leur retraite dévorés par l'alcool, ils avaient été comme des chevaux qui continuent à manger de l'avoine et ne travaillent plus, eu le coup de sang fatal ! Comme eux, une génération généreuse, le cœur sur la main et le sens de la camaraderie, solidaires les coude serrés, ils avaient connu soixante huit et n'en croyaient pas leurs yeux, la boîte vendue ! On les rencontrait aux pots de fin d'année, ce qui me choquait, c'était souvent leur regard serein de retraité détendu expliquant mieux qu'une démonstration de professeur d'université que lorsque le stress avait disparu on devenait un autre être. Ils restaient fidèles comme d'autres à leur terre, et à présent ils ne reconnaissaient plus riens. Il y avait les durs.
- Les : moi je n'achète pas ! Vous cautionnez les soldeurs d'administrations. Je n'y crois pas un instant. Vous allez vous faire berner.
- Rien à dire c'était carré !
- Pour ma part je prenais le maximum du minimum. Le gâteau était partagé, les grands actionnaires institutionnels prendraient le maximum, tout était déjà fait depuis longtemps, le kit était prêt dans les cartons et rien n'avait transpiré. Tout est dans le rouleau

compresseur sans qu'on n'en voie le chauffeur, il avançait lentement programmé pour écraser et ouvrir une nouvelle voie.

Mon petit paquet d'actions comme beaucoup l'avait constitué m'aiderait à acheter une résidence secondaire, un petit truc où je pourrais passer des vacances loin de tous les tracas du travail et des ennuis du quotidien. Mais il fallait attendre cinq ans, condition qui me laissait à penser qu'en cinq ans beaucoup de choses allaient se passer. En regardant en arrière et en me projetant vers l'avenir, au rythme où ça va, on sera peut-être dehors de notre boîte, qui sait ?

Les entreprises privées commençaient à travailler de plus en plus pour nous, on sous-traitait beaucoup trop de choses et elles commençaient à avoir un savoir-faire à nous concurrencer.

La bourse avait accueilli la nouvelle avec enthousiasme, la bulle des gros opérateurs téléphoniques grossissait, les actions aussi. Internet poursuivait son petit chemin. Encore un truc des Amerloc pour démonter leur suprématie et pourtant notre minitel qui marchait d'enfer. L'idée du net me laissait songeur. Toutes ces possibilités. Ça m'échappait un peu, mais pour celui qui avait connu le joli téléphone en bois à magnéto et le noir en bakélite, puis toute la valse des bleus, des gris, des verts et des oranges très tendance, où allait-on ? Je ne le savais pas, mais on y allait, sûr. Dopé par les technologies nouvelles, l'action avait explosé et les études aussi. Les maires voulaient tout enterrer et avoir les meilleurs réseaux. On sortait projet sur projet, assouvir cette envie boulimique de communications. Des jours je voyais ça sur un plan moins intéressé. Dans les services chacun s'isolait sur son travail, la vie de bureau. Terminés les barbecues en forêt lorsque nous travaillons sur les gros câbles. Fini le casse croûte, chacun parlait, actions investissements. Tous les travaux pénibles étaient sous-traités et les seuls moments d'échange étaient dans notre petite cafétéria, mais ça allait changer, le nouveau centre sortait de terre. Fini nos petites fenêtres qui fermaient mal et qui laissaient passer le bruit de la rue, les vieilles portes, et les déplacements en ville pour rejoindre les services dispersés dans les quatre coins de la ville. Tout était regroupé dans la zone industrielle et au printemps l'inauguration s'ouvrait sur une perspective nouvelle. J'avais l'impression de changer de boutique et tout allait vite. Les prédateurs de tous poils s'étaient rués sur les actions, tout était parti bien vite, on aurait dit la fièvre des soldes. Certains qui avaient fait la fine bouche regrettaient un peu, mais ils allaient pouvoir se rattraper une nouvelle vague de vente s'annonçait l'année suivante. Pour l'instant il fallait commencer à faire les valises, le

nouveau centre allait nous accueillir, et pas question de tout déménager. Les vieux bureaux les armoires cédées à petit prix aux agents, une bonne combine de recyclage. Un container sécurisé était dans la cour. Tout avait été archivé. Le tirage de plans marchait à fond, il fallait garder un tirage de chaque calque, on ne sait jamais. Et le centre principal de la capitale alsacienne recevait copie de tout. Que cela cache-t-il ? On ne sait jamais, un incendie, avait dit mon chef. Une commission représentative des différentes corporations, les syndicats et cadres peaufinaient les derniers aménagements. Tout devait être parfait pour le Centre Idéal. La communication, chacun avait sa prise informatique sa place de stationnement ainsi que sa place pour le véhicule de service, son badge. Eh, oui ! On pointait depuis peu. Le système avait été mis en place de façon insidieuse... Après un refus et quelques incitations du genre quatre heures de bonus par mois, le vieux avait contaminé même les syndicalistes qui s'étaient fait pister jusqu'à chez eux pour prouver que ceux qui devaient être exemplaires ne l'étaient pas. Contrôle et rigueur, il y avait les actionnaires qui vous regardent à présent ! C'était donc ça aussi la modernisation.
Après un grand dépoussiérage, je quittais mes anciens bureaux, une page se tournait, je ne regrettais pas le train qui passait au raz des

locaux et qui m'effrayait quand j'étais concentré sur un plan. Je ne regrettais pas plus le trajet travail. Le nouveau centre me rapprochait de la petite ferme que j'avais restaurée, alors le Centre Idéal l'était peut-être. Pour l'instant il sentait la peinture fraîche et la colle à moquette. Tout était prévu y compris une sono intérieure, manquait plus que la vidéo et la boule à facette pour faire boîte de nuit. En fait même avec un esprit critique, il était difficile de dire que c'était mal conçu. Le groupe de travail avait bien fait son travail et la réussite venaient du fait que tous y avaient participé. Il était nôtre, à présent. Une vie nouvelle, des technologies nouvelles, un nouveau moyen de financement, des opérations et un chiffre d'affaire grandissant. C'est bien, et presque trop. La deuxième vague d'actions déferlait. Pour les réticents, l'équation était faite, acheter ou se résigner à dire : ça retombera. Il y a toujours les négativistes et aussi, rien n'est donné, ainsi ça dope une entreprise d'autant plus que c'est les actes qui dirigent. Béberre avec son béret que je ne pouvais pas porter, lui le syndicaliste, c'était niet. Avait-il eu des directives. Pas question et de toutes façons, pour lui c'était soutenir le capitalisme, alors !
- Pas question et inévitablement ça vous pettra à la figure !
- Tu pourrais être plus optimiste.

- Ah, ça tu sais, tout ce qui est spéculation pas dans mon éthique !
- Et pourtant dans le patronat il n'y a pas que des voyous. Mais c'est ton histoire.
- Hésitations
- T'as l'impression que les actions vont encore monter ?
- Personne ne peut le dire, mais pour l'instant la communication à le vent en poupe, les marchés sont fébriles. On a l'impression que c'est maintenant ou jamais. Depuis la vente de la première fournée d'actions, elle avait pris de l'assurance et montée en puissance. Alors, pourquoi pas. Certains ont fait des prêts pour investir, il faut toujours que certains en fassent plus, mais c'est le jeu, et c'était prévu, encore que la boîte avait encadré la quantité que chacun pourrait acheter et fixé des quotas. On n'allait pas tout acheter et il fallait garder des grosses parts du gâteau pour les institutionnels et les copains. Ma femme n'avait pas le sens du business.
- N'en prends pas trop, ça serait bête de plonger. Je limitais donc la mise. Hardi, mais pas trop et ce n'était pas mon truc. Je préfère, comme les anciens de mon village investir dans le patrimoine. Ils disaient : quand t'as un jardin, tu ne crèves jamais de faim ! Ca c'est du rustique !
- Mais, ça me chatouillait quand même, on n'est que des hommes et une plus belle

résidence secondaire, avec le petit ruisseau. ... je me surprenais à rêver.
- Et je n'étais pas le seul qui pensait à se faire plaisir. Le tout grand chef aussi, son panier à la main il faisait ses courses, et dans un marché des nouvelles technologies, l'euphorie. Tout ce qui traînait, il le ramassait. Les véreux on les trierait après.
- Là-haut savent-ils ce qu'ils font.
- Tu crois.
- C'est planifié.
- J'espère que le rouleau compresseur continue à tracer sa voie dans la jungle des actions, et qu'il saura entretenir cette belle voie tracée. A l'arrière du chemin espérons que ça ne repousse pas aussi vite, au risque de se faire encercler et se retrouver isolé dans la jungle. Bien loin les PTT, on est dans une aire nouvelle et beaucoup ne comprenaient pas grand-chose en se sentant complètement dépassés. Certain même par péché d'optimisme ou orgueil pensait que l'on allait tout acheter dans le monde. On se sentait fort, on était fort. J'étais fier d'appartenir à France Télécom et je me sentais un des acteurs parmi tous ceux qui avaient travaillé à cette œuvre. Le grand patron aussi bombait le torse avec sa corbeille pleine, mais à présent il fallait payer et là on n'avait pas les coudées franches, nous étions encore une entreprise qui s'apparentait à une administration, sans réelle autonomie, les lois de l'état s'appliquant quant au mode

de gestion. Les vieux réflexes subsistant d'autant plus que certains hauts fonctionnaires travaillaient comme par le passé et la gestion d'un grand groupe leur échappait. Mais mes inquiétudes étaient balayées. Solide, la boîte, on achetait Orange, ça de pris aux rosbifs. L'année deux mille verrait l'apogée de France Télécom, mais la facture était néanmoins salée, mais on avait les moyens et la bourse ne cessaient de monter, alors ont-ils pris toutes les garanties. Normal. Les donneurs de leçons ne peuvent pas être mauvais élèves. La page était tournée. L'après deux mille serait le siècle des communications, fallait pas être devin pour le comprendre. Internet, tous en parlaient. Moi, je trouvais l'époque casse-croûte et journal du matin sympa et plus convivial que les conversations du genre, combien d'octet, de bit de rame a ton ordi.
- Dépassé.
- Non, un peu nostalgique.
- On savait boire un canon à l'époque.
- Oui, mais t'avais moins d'homme en bleu sur la route.
- Certes mais se shooter à l'informatique ça me laissait sur ma faim. Et l'écran je l'oubliais le week-end quand j'allais tôt, photographier les oiseaux, oublier un peu tout ça, et se ressourcer.
Avec toute cette vague d'achat, on sentait bien, avec notre réseau qui était en place que

les gros investissements n'allaient plus vers les grosses infrastructures lignes mais que l'intérêt était ailleurs. Les grandes extensions n'avaient plus le vent en poupe, et mon travail ne consistait plus qu'à brancher des industriels au haut débit et à faire des bricoles. Je sentais bien qu'une page était tournée. L'architecture des réseaux, avec ses tentacules allaient partout jusqu'au coin les plus reculés, et je ne prenais plus ce grand plaisir à construire, regrouper et enterrer des réseaux. Le bureau d'étude prenait une importance secondaire. Tous étaient tournés vers le téléphone mobile vers les antennes relais.
Pratique pour les gens qui se déplacent. Quel bonheur pour un VRP que de prévenir en cas de retard, prévenir sa femme dans un embouteillage, prévenir des secours, le progrès est indéniable. Pour les jeunes aussi, prolongement de leur jeu vidéo et de leur monde virtuel. Ne pas affronter les regards et communiquer. On ne s'identifie plus par son nom mais : donne-moi ton numéro de portable. Il sert de tout, de montre et plus, mais ça a un coût. S'ils font ça, ils ne font pas d'autres bêtises et encore bien pratique pour s'approvisionner en toute sorte d'objets illicites. Les pourvoyeurs trouvaient là un moyen de communication sur mesure. Mais l'homme est ainsi fait, il y a toujours le bon et le mauvais. Ma femme trouvait que je prenais

mon travail avec moins de joie. Vrai, avant j'avais toujours un gros chantier devant moi. J'aimais cette excitation, sortir des calques faire mes fonds de plan pointer tous ces gens, les poteaux traquer la moindre sonnette prévoir la ligne pour tous. Mais sans être au top les réseaux s'étaient étoffés alors il faut se résigner à la petite opération ou à faire autre chose. Ça me trottait depuis un certain temps. Mon centre, Le Centre Idéal n'était plus aussi idéal et les centres de construction des lignes avaient perdu de leur importance. A présent le commercial devait être la locomotive. Vendre et vendre. Sentant le vent tourner, incités et ayant le goût pour ça certains rejoignirent le clan des vendeurs en agence. La première vague dégarnissait les rangs de notre personnel. Moi qui avais cette âme commerciale n'avais pas envie de rester dans un bureau. J'avais passé ma carrière moitié dedans, moitié dehors. Alors quand la pression était trop forte, je prenais un plan sous mon bras, et je sortais. Quel plaisir de respirer l'air frais et l'équilibre. Entrer au commercial voulait dire pression, chalenge, rentabilité. Et ces mots sonnaient dans ma tête comme un métier que je n'avais pas envie de faire. J'aurais peut être voulu vendre des antiquités, je me sentais plutôt une âme de brocanteur ou de bouquiniste mais pas de vendeur de téléphone. Les premiers étaient enchantés. Rencontrer du monde, l'attrait du neuf, et puis les agences se féminisaient alors quelques histoires croustillantes ça et là, alimentaient les ragots.

Le conseiller hygiène sécurité et condition de travail dit CHSCT ou chargé de sécurité prenait sa retraite. Ca a fait tilt dans ma tête. Mes atouts, le relationnel, mon expérience professionnelle, mes connaissances dans la sécurité d'entreprise pour les avoir décortiqués des plans de préventions en tous genres lorsque j'étais dans le monde de l'écologie, tous ces dimanches à essayer de comprendre comment une entreprise avait négligé la sécurité. On arrive en autodidacte à se faire une culture. Mon défaut, je ne connaissais que le titre de ce métier. Mais il y avait une formation, alors !

Pas très rassuré mais conscient que j'avais le bon profil. Part gagnant, m'étais-je dit. Leur décision avait été rapide, et je me trouvais pour une ixième fois sur les bancs d'école, à quarante ans passé, une nouvelle jeunesse et un nouvel élan professionnel.

Prise en main, pédagogie technique sécuritaires. Frais moulu, je rentrais à mon centre plutôt à mes centres. J'héritais d'un département mais mon besoin de changer d'air était satisfait. J'avais retrouvé ma femme, comme jadis fiancé lorsque je faisais deux cent quarante kilomètres tous les jours pour la voir. L'amour ça rend un peu fou, mais cette folle envie de se voir était un bon ciment et en plus mon équilibre professionnel retrouvé, promettait une nouvelle vie. Ma paye ne bougeait pas, toujours fonctionnaire on avançait sur une grille avec le jeu du temps et si j'avais aimé faire beaucoup d'argent ce n'était pas l'entreprise de fonctionnariat que j'aurais dû choisir. J'avais recherché d'autres valeurs : la stabilité, pour ça elle n'était plus totalement garanti, une grille indiciaire qui progressait dépassant le coût de la vie, plus assurés non plus les quelques pécos, la mutuelle, l'augmentation de la vie, des impôts s'empressaient de vous les reprendre, les augmentations étaient bien vite absorbées. Je pense que les syndicats s'étaient fait un peu rouler. Restait mon nouveau travail et l'assurance d'avoir un salaire tous les mois et des jours, comme disait ma mère, il faut savoir se contenter de ce qu'on a, il y a plus malheureux. Même si mes anciens copains du lycée avaient fait leurs choux gras dans le privé certains avec les différentes crises grinçaient des dents. Alors, mécontents de leur choix, les critiques fusaient. Les fonctionnaires sont trop bien payés pour ce qu'ils font ! Quand je pense qu'ils n'ont jamais eu ni pioche ni tournevis en main, marrant, non ! Mais sortons des généralités qui alimentent les politiques de bistrot. N'empêche que ces coups font par moments mal, et à la place de critiquer les fonctionnaires ils feraient bien de critiquer ceux qui ne font rien

et qui ne savent que tendre la main, vivre de rentes suite à un poste politique, ou encore ceux qui, au mot travail, ont une ampoule qui leur pousse au milieu de la main et qui n'éclaire rien du tout !
Je pris possession de mon bureau au dernier étage du centre, j'avais ma voiture, mon portable, il me manquait une secrétaire, mais sur ce coup c'est franchement du rêve.

Me voila indépendant, à la rencontre du personnel, l'œil qui devait s'exercer à la sécurité et l'oreille attentive à tout ce qui touchait aux conditions de travail. Dans le deuxième centre dont j'avais la charge, j'avais tout le personnel à rencontrer. L'accueil fut bon et me mit à l'aise, mis à part un vieux militaire aigri, je compris vite que CHSCT rimait pour certains avec assistante sociale, syndicat, infirmier. Mais ce rôle expliqué lors de mes cours confirmait et me confortait dans ma tâche. Le mot condition de travail sonnait comme une tâche importante en sandwich entre la hiérarchie et la base. J'avais pris contact avec les différents médecins du travail. Je pense lorsqu'un médecin du travail choisit cette discipline qu'il est d'abord intéressé par le travail pur, ensuite analyser d'où pourrait venir le danger des conditions de travail, du patron, de la toxicité des produits en contact avec le travailleur. ? Certains me laissaient penser à des médecins trop habitués et l'habitude aide à tuer l'emploi. Trop bien rodés sans faire de vague, plaire aux patrons, le carnet apte et : au suivant, battait son plein. Ca me rappelait les médecins militaires qui n'avaient dans leur trousse que deux choses les antibiotiques et la scie à métaux. Je devais donner des cours sur les dangers liés à l'amiante. La pathologie due à la présence d'amiante dans les poumons avait été découverte début du siècle dernier dans une filature par un médecin du travail. Il aura fallut presque un siècle et quelques victimes qui ont bien voulu attirer l'attention des autorités sur ce danger. Mais derrière tout ça, il y a comme derrière le nucléaire, des lobbyings plus puissants que les états, alors tout s'explique. Lorsque j'abordais ces problèmes avec eux, j'avais une réponse pertinente, et ils me donnaient l'impression de me dire : il se calmera, et puis qui le paye ? En tous cas ce n'est pas un médecin du travail qui aurait expliqué qu'il n'était là pour soigner une angine ou une toux, encore que derrière cette pathologie pouvait se cacher une allergie qui était étroitement liée à une atmosphère polluée. Mais ça, c'est un autre problème. J'aurais pu rencontrer le médecin du travail de France Télécom mais je n'en attendais rien. La formule était pire, baignés dans le jus toute l'année, ayant subi eux aussi les nouvelles contraintes, les remaniements, ils avaient encore moins l'esprit objectif. Moi, certes non plus, mais avec une solide expérience professionnelle et mon sens du contact, j'essayais de me mettre dans la peau des agents. Ca me donnait l'impression d'être utile à défaut de rentabilité, et pourtant le taux de fréquence des accidents du travail et le taux de gravité, les deux indicateurs de mon tableau de bord étaient plus qu'utiles, malgré l'impression toute neuve de la jeunesse du métier.

Ma femme remarquait que j'étais fatigué, mais j'étais en plein dans mon job. Certains ne demandaient qu'une écoute, huit heures de travail c'est long quand on ne se sent pas très bien au travail, alors ces petites choses : un éclairage, une chaise mal appropriée, entraînent des petits malaises auxquels j'essayais de remédier. Le responsable des approvisionnements ne comprenait pas toujours mes insistances pour des achats qu'il considérait comme inutiles. Il y avait la grand-messe, le comité d'hygiène, et il y avait du travail. Les qualités primordiales étaient : finesse et diplomatie pour obtenir quelque chose dans cette atmosphère souvent déstabilisée. Mon centre se vidait de plus en plus et l'hémorragie gagnait maintenant le dernier qui avait regardé ça de loin en se disant eux, mais pas nous, on est trop utile et important en plus dans une capitale. Mais les signes d'essoufflement se multipliaient et à présent ils se rendaient compte que les départs à la retraite n'étaient pas remplacés, des signes qui ne trompent pas, des réorganisations se faisaient suite à des départs certains par peur quittaient pour le commercial, on leur avait fait miroiter des avantages et que les places seraient limitées. La poudre aux yeux ne marchait pas que dans le privé. On est tous des travailleurs et pour ce coup je sentais certains déstabilisés. J'entendais : si ça continu on va nous foutre dehors. Ils peuvent supprimer les fonctionnaires. Ce type de remarque que l'on n'avait jamais entendue était à présent sur toutes les lèvres. Moi, j'avais traduit ça par une anxiété grandissante. Les équipes que je rencontrais sur le terrain m'interrogeaient. Loin des bureaux que quelques infos ne filtraient rendant leur inquiétude plus grande et d'enchaîner : toi qui connais le terrain regarde comme on travaille, on a l'impression de ne plus servir à rien. Par souci de rentabilité, les équipes du privé avaient les plus beaux chantiers.

- On peut faire des bilans comparatifs, dans ces conditions et ils arriveront facilement à nous démontrer qu'on n'est pas rentable, encore qu'il faut voir le travail effectué, quand les câbles tombent en carafe c'est nos équipes qui relèvent les dérangements. Et pourtant je n'ai pas envie d'avoir le cul sur une chaise, j'ai fait toute ma carrière dehors. J'aurais du mal à leur dire que le travail avait toute son importance, sans ligne sans support, pas de commercial... et le portable ! Oui, il y a le portable qui prenait de plus en plus d'importance, on s'en rendait compte même en tant que concepteur. Il y a déjà longtemps que la direction attendait le dernier moment pour donner ordre de désaturer les câbles, la preuve qu'ils avaient les choses en main et que le rouleau compresseur était bel et bien graissé au nez des syndicats qui ne bougeaient pas ou si peu. Etaient-ils briffés, moi je n'en savais pas plus qu'eux sur cette machine invisible qui avançait inexorablement et cette impression que les choses vous échappent. Nous étions à l'origine de l'extension des télécommunications mais qui était derrière les commandes ? Ce sentiment je le rencontrais à tous les niveaux et dans tous les services et les problèmes personnels de certains mélangés à cette déstabilisation les rendaient plus fragile. Les loisirs avec les trente cinq heures prenaient de plus en plus d'importance, certains s'étaient lancés dans la politique locale, le bricolage. Pour ma part je militais pour l'écologie, ça me tenait tellement à cœur, par convictions profondes. On sentait que chacun voulait oublier le travail et ses soucis et tout changeait à une vitesse terrible. Mon centre se vidait à nouveau. D'autres centres se désertifiaient également, où allait tout ce personnel, au commercial, aux plates formes interactives de renseignements. Et ceux qui restaient, à qui s'accrocher. Ils ont besoin de moi, incontournable ? Comment être motivé pour analyser un poste de travail, en dégager les problèmes liés et les solutions, quand on sait qu'il va être supprimé. Comment rassurer les gens pour avoir leur confiance ? J'étais fier d'avoir changé de métier et obtenu cette place, mais en même temps j'avais l'impression qu'on m'a fourgué la pire des tâches. Fossoyeur de services. Je prenais mon métier à cœur et n'allais pas me laisser aller. Positif de nature, l'optimisme m'aidait. Plongé dans ce monde on pénètre dans la vie de certains comme une assistante sociale le ferait, alors tout ce côté passion me prenait et comme une infirmière, je rentrais avec mon paquet de soucis dans la tête. Ma femme compréhensive m'aidait beaucoup à décompresser. Mes enfants pas trop, ils avaient grandi et me ramenaient leurs soucis d'ados. Faut faire face. Et mes dimanches matins devenaient précieux. L'appareil photo dans mon sac à dos j'oubliais mes soucis dans les méandres des bras morts du Rhin, sa flore la faune et ces forêts magnifiques que je me décarcassais à faire classer. L'écologie prenait beaucoup de temps mais m'apprenait aussi beaucoup à conduire certaines réunion, à apaiser, comprendre, trouver le compromis. Tout ce qu'un être fait en dehors l'enrichit et l'entreprise y gagne, argument que je mettais en avant lorsque la critique fusait de la

hiérarchie. Essayer de faire entrer ça dans les mœurs et le faire accepter à un cadre, pas évident et j'entendais : il ferait mieux de s'occuper de son travail à la place de s'adonner à tel ou telle passion.
Fini le béret, la pioche, la pelle. Certains avaient bien évolué et m'épataient, le mot n'est pas trop fort. Vrai qu'avec la formation continue, mais il faut que l'agent y adhère et qu'il y trouve une motivation. De nombreux agents avaient changé de métier et s'adapter et su se remettre en question. J'étais fier d'appartenir à une entreprise avec de telles facultés, ça vous motive et vous porte. Il y avait ceux qui restaient sur le bord du trottoir ceux qui allaient changer quand il faudrait absolument, les indécis qui attendaient l'ordre d'un chef et ceux qui ne changeraient jamais par manque de culture, d'ouverture, incapables ou caractériels. Ceux-là m'inquiétaient j'essayais de les aider, éviter l'affrontement. Ces épidermiques, la seule solution pour les aborder était l'humour, histoire de les dérider. Je n'étais pas le seul à rencontrer ces problèmes, les réunions de formation me permettaient de comparer les expériences avec mes collègues et me sentir un peu moins isolé. Ca me donnait également l'occasion de faire part de mes soucis de travail. Et être près du Bon Dieu en savoir plus sur la tournure que prenait la boîte excitait ma curiosité. Expurger, tisser des

amitiés et se sentir professionnellement moins seul malgré toutes ces impressions de solitude. Ça fait partie du métier, plus que l'on monte. Eh oui. Nous recentrions notre mission de chargés de sécurité, de quoi faire. On était bien vu, sauf pour certains qui nous prenaient pour des espions de l'empereur.
L'impression générale était que tout changeait à une vitesse et beaucoup de choses nous échappaient. On venait d'acheter Orange, la couleur de l'avenir devait s'imposer et pourtant nos têtes étaient encore pour certaines dans le gris PTT, le jaune pour certains et le bleu qui n'aurait jamais du changer. Mais la machine à progresser était en route et inexorablement avançait, qu'annonçait cet orange ? Mécanique ou juteuse.

Ma femme m'avait convaincu d'acheter un petit pied à terre en Ardèche, attiré de tout temps par ce département elle n'eut pas de mal. Plus qu'une résidence secondaire une thérapie et un super moyen de s'échapper. On était tout excité un peu comme au début de l'acquisition de notre ferme. On s'évadait, passer un long week-end ou quelques jours, oublier tout, et je n'étais pas le seul, Ma femme en avait aussi besoin. Comme secrétaire de direction, elle était devenue l'éponge qui se charge de l'acide du dirlo. Tantôt fusible, tantôt lien avec le personnel,

une place que je ne lui enviais pas, et pourtant elle me disait dans ma boîte les choses étaient claires. Le chiffre, que ça, pas d'état d'âme. Si tu fais une connerie, t'es dehors. Vu comme ça, c'est clair et rapide à mon avis. Alors là-bas nous expurgions le trop d'énergie négative. Et le négatif s'accumulait, la belle action toute neuve la fameuse prime, la pilule anesthésiante qui permettait sans trop de heurt de transformer France Télécom en société avait fait son action. On s'était assoupi puis endormi. Malgré les quelques grèves qui n'avaient servi à rien, le calme après la tourmente. Pour l'instant ça ne m'aidait pas et générait encore un peu plus de doute parmi les plus fragiles.
- Par qui seront nous mangés me disait-on ?
- Moi, si les actions montent et qu'on me met dehors avec un pactole, je me casse, je monte mon entreprise.
- T'as quel âge ? Tout n'est pas aussi simple que tu le dis, ne réagis pas par une réaction trop rapide, attend de voir venir. Ces réflexions, je les avais souvent entendues, signe d'un malaise, mais tout n'était pas rose, ici comme ailleurs. De quoi sera fait demain, qui sait ? Je n'en savais rien. Il m'arrivait à l'occasion d'y réfléchir en vacances loin de l'Alsace. L'Europe, il fallait coller à l'Europe comme si le super Bon Dieu s'appelait Europe. Eux aussi avaient perdu leur âme dans la bataille, l'uniformisation, en savaient-ils

d'avantage, ces technocrates, on ignorait tout. Ma femme m'avait dit : nos actions si elles se fructifient nous amèneront un plus au ménage. Et pourquoi cela se terminerait autrement ? France Télécom était devenue mondiale, on avait acheté à tour de bras des opérateurs partout dans le monde, allait-on se perdre. En tous les cas la Machine Muette fait son devoir et la voie était tracée ou allait-elle s'arrêter sur nous ou contre un mur. En tous cas l'Orange que l'on avait achetée aurait des pépins et plus de pépins que l'on aurait calculés. La belle bulle Internet avait fini par emporter les économies de l'entreprise, tout en haut ils avaient oublié qu'un simple nuage pouvait masquer le soleil et la belle action fondait, fondait. Sans que personne n'y puisse rien faire, la perte de confiance des marchées faisait tout dégringoler, nous devions les garder cinq ans alors de 219 euros combien allait-elle valoir à terme ? L'approche de 2001 minimisait mes aspirations, et mes projets de construction de villa dans le Sud, mais je pouvais me tromper ?

Le Centre Idéal commençait à ressembler à une boîte en liquidation. Que de bureaux vides ! Je me demande, avec le recul, comment on a fait pour ne pas déprimer plus. Beaucoup était contents de pouvoir s'étaler. La ruche avait essaimé et mes gens de plus en plus difficile à convaincre que l'avenir nous amenait la stabilité, ce mot ne rimait plus à

rien. Le bureau d'étude s'était vidé, la tête pensante avait perdu son cerveau et ces jolis bureaux, ses tables à dessin penchées, où était passée la fourmilière. Le portable nous bouffe des lignes, on a de moins en moins besoin de faire des extensions de câble. Et la fibre optique n'occupait plus que les concepteurs du centre principal qui avaient été protégés par la direction. J'avais du mal à être optimiste et c'était bien le service où calmer le négativisme était le plus difficile, pour des agents, j'incarnais la direction, alors ils devenaient muets. Une chance, ils avaient de la ressource, habitués de se remettre une ixième fois en question, ils travaillaient à présent sur des tables numériques assistées par ordinateur. Certains avaient, par péché d'optimisme un peu trop fait côté investissements boursiers et payaient les pots cassés et avaient du mal à remonter la pente.
Le lundi noir m'a tout fait perdre, je n'ai pas vendu et me suis refait, mais la belle action foire et commence sa descente aux enfers sans que l'on puisse vendre. On entendait : on s'est bien fait rouler dans la farine. Je n'avais pas envie de leur dire oui. Je savais et ça me faisait d'autant plus mal que ce joli pactole aurait pu servir à désendetter la France. Il leur suffisait de vendre des parts supplémentaires lorsqu'elle était à 219 euros et donner une bouffée d'oxygène au pays tant que le cours était intéressant.

Les projets s'évanouissaient comme le personnel, comment améliorer leur condition de travail alors que la boutique était en pleine effervescence. A peine que j'accompagnais un service dans sa restructuration, qu'il disparaissait et on avait de plus en plus l'impression que l'idée des hauts dirigeants était de déstabiliser. Que voulaient-ils refondre, on ne refond pas une entreprise dont le personnel entré dans les années soixante-dix, tous vieillissait. Et qu'allaient-ils faire de ces agents, de ces services dont l'ambiance foutait le camp. De moins en moins de fêtes, encore moins de pot de départ ce qui devait réjouir les fossoyeurs RH. Et l'action chutait à nouveau. J'allais voir les agents et pour exprimer cette déstabilisation, certains se méfiaient même de moi. Des réflexions comme : t'étudies les postes pour mieux les faire supprimer, étaient le reflet de l'ambiance et toute la difficulté était de se faire comprendre. Les gens que l'entreprise mutait, et moi au milieu de tout ça j'avais du mal à trouver les repères.
- On bloque même mes projets hors France Télécom, la boîte que j'aurais aimé fonder pour sortir d'ici, c'est foutu et ce n'est pas avec des emprunts russes de France Télécom que je la réaliserais.

Une escapade en Ardèche me ferait du bien et oublier tout ça en me ressourçant. Elle avait aussi connu ses heures de gloire en1850, l'apogée de la sériciculture, l'or blanc. La fin de la soie signa le déclin, et cette région parmi tant d'autres dans les Cévennes devint pauvre. Certains optimistes diraient en voie de développement. On allait devenir comme eux, et après des années de prospérité où le personnel était au centre, on devenait une entreprise dirigée par les financiers et là ce n'était pas toujours bon pour le personnel en connaissant leurs techniques de management. Fini les casses- croûte, la convivialité, l'animation des lundis matin. Le : je te raconte ce qu'on a fait. Les gens causaient de moins en moins ou n'étais-ce que pour se plaindre. Les agents commençaient à s'isoler un peu comme tous ceux qui téléphonent avec leur portable. Il prend du poil de la bête et pourtant entre ce qu'il rapportait et l'investissement de nos équipements la note était lourde. N'allait- il pas contribué à nous faire plonger. Le patron de la machine infernal savait-il où il allait, on commençait à en douter en voyant les actions fondre et fondre encore. Comme l'optimisme des gens ! Et certaines associations de défense du consommateur levaient les bras au ciel. Il faut savoir ce que l'on veut, et mesurer ses paroles, surtout lorsqu'on n'y connaît rien aux télécommunications. Les agents se créaient

d'autres pôles d'intérêt. Moi, je m'évadais en Ardèche. Le travail commençait à ne plus meubler tout mon temps. Je me protégeais. On était aux trente-cinq heures payées au mini. Plus d'heures supplémentaires.
- La ligne on la rétablira demain, ils ont des portables !
La boîte avait bien changé. Rentabilité à tout va. Les gens qui arrondissaient leur fin du mois avec quelques heures supplémentaires grinçaient des dents, la paye diminuait artificiellement, tout ce qui était petits avantages sabrés. On ne parle plus de la prime corde à noeuds, on en était bien loin des agents qui descendaient comme le père Noël les façades pour fixer un câble. Les dirigeants des associations qu'Allais-je Choisir en auraient mouillé leur culotte de papier recyclé. Parlons de ce que l'on connaît. Nous on n'y croyait plus et tout se resserrait. Le convivial était de plus en plus mal vu et les cadres commerciaux engagés sur titre semaient la zizanie comme des loups dans la bergerie, eux avaient une place à se faire, sans état d'âme pour : séparer, rentabiliser à la sauce management. Je les subissais de plein front. Le Maître de la Machine avait engagé sur titre ces golden boys pour le bureau d'étude, ils analysaient débroussaillaient, et doucement s'incrustaient. Décrivez votre travail. Ils n'avaient qu'à faire comme tout le monde démarrer en bas, mais cette école-là

était révolue. On doit aller vite et ça salirait leurs jolis mocassins. On avait été hostile et on n'embauchait plus, alors il faut s'ouvrir et vous vous avez du boulot, alors le partage ! Et puis ça fait parti du deal, des trente cinq heures, des embauches. Encore un peu et je m'endormais. On avait un gouvernement social et nos trente-cinq heures faisaient maigrir artificiellement nos payes. Le casse croûte du matin réduit, la carte à pointer. Il fallait même dépointer pour donner son sang et pourtant la section de donneur était solide. En peu de temps elle cessa d'exister. Les comptes rendus d'activité, les bilans de fin de semaine, de fin du mois, objectifs, outils RH modernes. On était devenu moderne, comme si on ne l'avait pas été. Savoir et le faire savoir. De la technique, on était passé à la gestion, et maintenant à la gestion du personnel préfigurant je ne sais quoi pour le moment. Partout où j'allais les gens était inquiets, dans le privé, on aurait dit la phase avant licenciement. Le cours de l'action n'aidait pas, et rajoutait une couche de morosité. Même sur le terrain les choses se dégradaient. On sous-traitait à tout va. Lorsque j'allais visiter les équipes et les entreprises privées, sécurité oblige, on sentait à présent monter la grogne. Les meilleurs techniciens auraient déserté le navire, ne restaient que les purs et durs qui avaient du mal à quitter le monde qu'ils avaient toujours

connu et qui les avait motivés pour faire leur carrière dans la maison.
- Tu me vois dans un bureau ? Je ne suis pas rentré pour être un scribouillard. Evidement, je comprenais, il préférait le froid l'humidité, aux ragots de bureau et cette fausseté des relations. Ici lorsque quelque chose ne va pas, un coup de sang et tout se passait. Au bureau, tout est insidieux. Tu te rends compte, ils nous sucrent même les primes de conduite auto de ce fait on ne se déplace plus en dehors des heures, et trente-cinq c'est trente-cinq, la paye est également comme ça ! Si j'avais su, j'aurais fait autre chose, et la boîte ne m'offre que des places dont je ne veux pas, je suis un technique. Regarde même les mécanos des ateliers de réparation auto, ils veulent tout supprimer tout doit être rentable et pourtant lorsque tu as une bricole à réparer, genre un relais, un feu sur une nacelle, tu te rappelles, on mettait la main à la pâte et avec le mécano, on avait perdu une heure mais la nacelle sortait. Maintenant c'est via le garage privé et eux tu peux attendre, et ton chantier reste en carafe. Où veulent-ils aller ?
- Devine !
- On n'acceptera pas !
- Tous ces mécanos sont allés pour la plupart au commercial, une toute petite poignée a retrouvé du travail à l'entretien des locaux, tu vois les mécanos que l'on a connu changer des

ampoules ou une serrure de porte, eux qui concours oblige étaient dans les meilleurs. La dépréciation et la déprime.
- J'ai vu Paul, tu connais Paul, il est derrière un comptoir à l'agence, il échange les postes usagés. Gratifiant non !
- L'entretien auto a été donné aux concessionnaires et aux garages triés sur le volet. La bonne manne pour eux et facturé max ! On n'a pas le choix. Et il y a mieux, les véhicules ayant perdu leur couleur, ils sont échangés en leasing encore un mot en Anglais pour filler comme eux. Le garage PTT difficile de l'appeler autrement étant aussi un de ces lieux conviviaux, une petite réparation un pneu et tu repartais sur ton chantier. Sans parler de la pompe à essence. Tu partais en dépannage le soir content de faire le plein. Ca faisait râler le chef mécano qui vivait sur place, on ne peut pas tout avoir, il ne payait pas de loyer, alors. Mais râler était dans son caractère ça permettait de renforcer son autorité, mais en fin de compte il n'était pas méchant. Chien qui aboie ne mort pas. Et puis il y avait les conseils.
- T'entretien comment ta voiture. Qu'est-ce que t'as eu comme problème ? La conversation, tournait aux véritables cours technique et t'étais content. Un saucisson ou un gâteau atterrissait sur leur table pour leur casse-croûte. Alors, la vie était belle et ce que tu n'avais pas compris, il te l'enseignait en

deux secondes. Tous ces petits échanges amicaux faisaient que la vie de tous les jours devenait moins monotone. Pour moi, j'ai appris la mécanique comme ça, un conseil, un autre éclairage qui dénouait une panne vicieuse. Et ça débouchait sur : samedi on fait un tarot, ma femme fait un petit plat. Tout le monde avait à y gagner et ça facilitait la vie au travail. Mais ça ne plaisait pas à tous. Et les nouveaux chefs avaient reçu des ordres. Pour des raisons de sécurité, plus personne au garage et c'est comme ça que ça démarre. Je lui avais dit un jour, un jour tu seras seul, nous on ne te défendra pas, et j'avais eu le nez. Il était resté avec ses demi-lunettes au bout de son pif pantois, quant on envoyait nos véhicules dans le privé.
- Il me reste La Poste !
- Eh bien garde la ! Chez eux aussi on sentait le tour de visse. Les collègues que l'on rencontrait à la cantine, peut être la seule chose que l'on avait encore en commun avec eux, avec la mutuelle qui elle aussi avait eu un appel de phare de la Machine à broyer, un coup de modernisme et son ouverture au personnel non fonctionnaire, concurrence oblige, la même recette pour tous. Et bien, sûr fallait s'y attendre cette ouverture à la concurrence, ben voyons. La brèche était ouverte et mal protégé j'en donnais pas cher. Et pourtant, on avait des avantages bien spécifiques qui dataient comme : plus de deux

ans d'indemnité en cas de longue maladie, versement d'indemnité pour les veuves et des conseils d'anciens collègues de la Poste, alors les problèmes se dénouaient facilement. Mais tout cela devait changer la Machine happait tout ce qui dépassait de la normalité. Personne n'avait donné des ordres stricts et pourtant tout se délitait. Bizarre, non ! Sécurisation, uniformisation, gestion et … malaise. Je donnais des cours de sécurité dans lesquels étaient souvent inclus des données issues de la nouvelle législation du travail. Vos responsabilités en cas d'accident, des plus pour la maison ça permettait de mieux me faire comprendre et établir des liens. Et j'y plaçais obligation sécuritaires, port du casque ce qui faisait grincer. On y était assujetti au même titre que les entreprises privées. Le niveau de mes gars en matière de sécurité n'avait pas à en rougir. Ils pêchaient dans certains domaines comme le port du casque, mais ils étaient bien formés et j'étais assez fier de n'avoir à déplorer que des accidents bénins, mais au fur et à mesure que les choses se dégradaient. Lors des analyses d'accidents, on notait que les gens n'avaient plus la tête au travail, des fautes d'inattentions survenaient, fautes que je n'avais pas dans le passé. Il fallait aussi que je me forme et la valse des décrets continuait, entre normes CEE et directives qui voulait-on noyer dans la paperasse. Il m'arrivait d'avoir

l'impression que certains parlementaires pour justifier leur boulot sortaient des trucs invraisemblables, des distances de sécurité remise un cm c'est un cm et la valve de pression tarée à, on se demande s'il ne l'est pas un peu. Mais mes chefs ne rigolaient pas avec ça.
- Je n'ai pas envie d'atterrir en tôle. T'inquiète on te ramènera des oranges. Les Oranges ça nous connaît. J'étais sous pression, il faut bien ça pour cuire un bon morceau de bœuf avec ses légumes. A ce propos il ne nous restait plus que les petits plats que l'on faisait avant Noël quand nous faisions une petite bouffe entre copains.
- On vous donne l'après-midi, mais vous dépointez. La direction ne tenait pas à prendre de risque, un mec bourré qui se briserait un petit doigt. Le pénal, au moins ! Les seuls moments conviviaux qui nous restaient. Moi, je préférais faire le tour des popotes passer en dehors du circuit de la chefferie qui ne rigolait jamais, ce qui me permettait d'être efficace dans mon travail souvent ingrat. Et ce travail d'équilibriste me plaisait. Avec les entreprises privées à qui nous sous-traitions du travail ce n'était pas facile mais avec la logique privée, le licenciement et les sanctions à la clef, ils étaient plus réceptifs et par moments c'est moi qui allais vers leurs patrons en porte-parole.
- Ils leur manquaient des harnais et leurs échelles n'étaient plus aux normes.

- Dites leurs, et j'avais un certain crédit au près d'eux.
- Ma femme de son côté ne finissait plus ses journées, des heures et des heures, et c'est fatigués que l'on se retrouvait en fin de semaine, les problèmes de nos deux ados en plus. C'est la vie et c'est programmé ou presque, il n'y a pas de CAP de parent, et qui donnerait des cours. Un peu comme tous ces agents que je côtoyais, j'avais beau leur enseigner la sécurité, tous différents avec leurs réactions parfois épidermiques. Ne te trompe pas de cible, je n'incarne pas la hiérarchie. La grogne et le négatif montait. Tu te rends compte, même les heures supplémentaires, ils ne veulent plus nous les payer. Que faire de tant d'heures de récupération ? Vas aux champignons. T'as vu le temps et puis mis à part ceux de souche, c'est raté. Tu ne peux pas te prélasser en vacances et j'ai les enfants qui vont à l'école, la femme qui travaille, alors ils me font marrer avec leur temps de loisir, ils veulent nous transformer en traînes godasses. Il me reste le vélo et les copains du club, au moins un endroit où on peut partager ses soucis. Ici, quelle ambiance depuis peu, c'est la pagaille. Avant, un coup de fil et t'avais des copains qui débarquaient pour faire un tarot et boire un coup. Maintenant, c'est l'heure du portable, tout le monde chauffe son oreille et a l'impression d'échanger une multitude de

propos et pourtant tous ceux qui causent toute la journée feraient mieux de se rencontrer. Et tu ne peux plus picoler.
- Mais il y a la sécurité.
- Ah ! T'es bien dans ton boulot !
- Pas le choix, et dis-moi, si je défends encore ceux qui picolent où va-t-on ?
- Vrai, mais t'as vu les pots. Dans le temps la foule, actuellement une peau de chagrin autour de trois petits fours et cinq jus d'orange. Si ce n'est pas carrément le boycott. Je me rappelle un coup de maître, on avait boudé le pot de fin d'année, le dirlo était fumant, il s'était retrouvé avec trois secrétaires et l'avait mal pris. Du coup il avait fait le tour des services l'air menaçant demandant à droite à gauche des explications, limite provocation. Avec son manteau en cuir noir, il faisait dictateur. Il nous a fait suer, mais on lui a aussi mené la vie dure. Il était allé jusqu'à écouter les conversations, un peu gros, non. Eh ! Oui fini les fêtes au boulot, le travail rien d'autre, tout devient carré, nous aussi et plus question de rendre service. Avant t'allais chez un abonné, on causait, un petit coup de main, genre la mamie qui avait l'ampoule de l'entrée à changer, tu lui faisais et le pourboire tombait dans la poche. Un bout de fil qui traînait tu avais l'agrafeuse en main, un petit service, les gens te le rendaient bien. Surtout les petites gens, mis à part les viticulteurs de vrais radins. J'ai rarement eu

quoi que ce soit, tout leur est dû, et il n'y a qu'eux qui travaillent, un fonctionnaire vous rigollez. A peine fichu de dire merci. Plus qu'ils en ont plus qu'ils sont radins.

- Il y avait même des petites guéguerres pour les secteurs. Les agents savaient que les secteurs ouvriers étaient plus généreux. Et pour les radins, c'est moderne et c'est normal, il est payé pour son boulot, vrai, il n'y a rien de plus. A force d'avoir des procès, on a plus le droit de percer un trou chez le client. Un abonné s'est fait remplacer tout son salon en marbre pour une dalle fendue. L'avocat s'était bien débrouillé, il avait mis en avant le fait que l'on ne trouvait plus ces dalles. Les planchers chauffant je ne t'en parle pas et les conduites dans les murs ! Bientôt il faudra demander l'autorisation pour serrer la main de quelqu'un. Un jour l'abonné m'indiquait où percer.

- Il n'y a rien, vous pouvez y aller !

Et ma perceuse s'arrête. J'avais percé dans la conduite électrique. Alors avant, on se débrouillait pour les bricoles, s'il y avait des problèmes plus graves bien entendu c'était l'assurance, mais les gens étaient compréhensifs généralement. Depuis un certain temps, ils étaient devenus de plus en plus procéduriers, à l'Américaine. Alors, on régresse. L'abonné doit avoir tout de préparé, si non, on n'intervient pas ! Et bien sûr, tu prends la colère de la personne en retour. Je

me suis déjà fait insulter à de nombreuses reprises.....
- T'es amer
- Il y a de quoi. Mais bientôt la retraite, alors je tiendrais jusque là.
- Enfin un peu d'optimisme, si on peut appeler ça comme ça. Je le quittais j'avais d'autres chantiers à visiter. Je savais bien. Et j'avais appris à quitter une discussion embarrassante ou invoquer le travail qui reste à faire. Certains cadres que l'on branchait sur des sujets sensibles, histoire de savoir où on allait, connaître la sauce à la quelle on allait être mangés avaient des trucs tout fait, le coup de fil à donner, et cela en pleine conversation, il te décrochait le téléphone, et la politesse allais-je dire ! Même mon RH m'avait fait le coup, j'aurais pu l'étriper, mais ces petits coups, à force de ravaler ta salive ça reste inscrit dans un tiroir dans ta tête et quand le tiroir est trop plein ou il inonde le cerveau ou tu le vide. La politesse et le manque de courage m'ont toujours fâché, mais eux ils pensent que ça fait partie du boulot. En bout de chaîne, l'agent a un devoir de résultat, obligé. Eux louvoient, les as de la planche à voile. Mon tiroir se remplissait à nouveau, les entretiens de progrès encore un outil pour qu'un chef puisse s'affirmer. La gestion des visites de chantiers, analyses d'accidents, analyse de poste, gestion des

rendez-vous à la médecine du travail où j'avais du mal à y faire aller certains.
- Ils sont sourds, et t'es toujours apte.
- Vaut mieux, c'est le seul qui peut te virer immédiatement de ton poste.
- Je m'en fous, là où va la boîte et ils n'ont qu'à me mettre là où ils veulent.
- Ne dis pas ça.
- Ma femme ne va pas bien et je ne suis pas optimiste.
- Alors vient me voir au bureau, on ne discute pas de ça sur un chantier, change de service, il y a toujours des solutions.
- Il faut aussi savoir détecter le gars qui ne va pas bien. Et un gars qui ne va pas bien, je préférais ne pas le voir en haut d'un poteau ou d'une échelle. Ça fait partie de la prévention des accidents et de mon travail de CHSCT, enfin moi je l'intégrais totalement, mais il y avait un mais, il faut savoir jusqu'où on va et des soirs la charge émotionnelle était lourde.
- T'as l'air soucieux, me disait Ma femme.
- Etre humain, une donnée qui disparaissait au fur et à mesure que l'on avançait vers je ne sais quoi. Une entreprise vide, dirigée par l'élite. L'action baissait encore comme le moral des troupes, où s'arrêtera la dégringolade. Et tout bougeait. Pas que chez nous, les Allemands aussi, la Deutsch Telekom peinait, pataugeait dans cette mouvance. Quelle débâcle !

- Des discutions inhabituelles se tenaient par petits groupes, une grève ? Je l'aurais su avant par le préavis. Je m'approchais. Où va-t-on nous mettre ?
- Ca ça m'intéresse, des déménagements il y en avait déjà eu et chaque fois le poste à réétudier, l'ergonomie, j'aimais assez. Tourne ton PC vers là, l'air est trop sec, mets une plante, elle te ramènera le calme et de l'hygrométrie si tu la soignes. Et cette photocopieuse que l'on me mettait à proximité des bureaux. La poussière de papier irrite, pour certains l'ozone incommode, le bruit et les discutions de ceux qui sont pressés, et ceux qui font des photocopies perso, et puis elle a remplacé le bistro, alors on refait le monde mais on gêne.
- T'es au courant : le Centre ferme !
- Je sentais ça depuis quelque temps. Comme une bête malade que l'on sépare du troupeau, Le Centre Idéal ne l'était plus, son bureau d'accueil digne d'un hôtel, sa salle de conférences, ses bureaux son réseau informatique, tout ça vidé. L'inquiétude était grande. Pour ma part rien ou pas grand-chose n'allait changer, je m'occupais depuis longtemps de plusieurs centres et avec la baisse d'activité, les regroupements des services, les suppressions des chefs, le nôtre se détachait doucement ou l'avait-il senti ? Il

avait hérité d'autres activités dans un autre centre, plus proches de son domicile.
- Mais personne ne s'attendait à cette fermeture. C'est comme un proche malade le jour du décès on refuse encore de croire au pire, et pourtant. Des copains avaient choisi de construire tout près et seraient à présent obligé de faire des kilomètres et quand on connaît la boîte on n'ose même pas espérer des indemnités, ou si peu que l'on en serait encore pour nos frais. Etre déplacé à l'autre bout du département ne réjouissait personne surtout ceux qui avaient plus de quarante ans bien tassés, fallait s'habituer. Accroche-toi, me suis-je dit, il va y avoir du travail en perspective. Tous ces déracinements. Beaucoup avaient vu partir les collègues lors de la première vague de restructuration pour le commercial. C'est bien sûr les plus dynamiques qui sont partis en premier se disant qu'ils seraient les mieux servis. Ceux qui restaient, j'avais du mal à positiver, et j'entendais déjà.
- T'as vu on te la dit. Je sondais les services, mais ne représentais pas la hiérarchie, j'y voyais que les conditions de travail et tout se dégradait. Les concepteurs, enfin le petit noyau qui restait n'arrivaient plus à négocier avec les mairies. Avant lors d'une programmation mairie, on incorporait nos projets d'extension de réseaux. Puis, pour des raisons budgétaires, on supprima des

opérations jugées plutôt esthétiques que technique, et ce n'était plus le Centre qui décidait, mais les ordres venaient de plus haut et les fonds redirigés et affectés ailleurs. Un grand chef voulait peut-être se galvaniser avoir fait des économies ? Il allait peut-être un jour être remplacé par un autre requin plus vorace que lui. L'heure n'était plus à l'investissement, il fallait plaire aux actionnaires pas à nous parce qu'on était des actionnaires cocus, et les autres qui avaient vendu acheté et revendu et fait des bénéfices. Les baisés, pardon, c'étaient les petits qui n'avaient rien compris et qui avaient suivi les banques les yeux fermés. Fabriquant de cocu de tous poils !

Sur le terrain tout devait être calculé et les bonnes relations que j'avais construites avec des municipalités se dégradaient au point d'en arriver lors des réunions de coordination à dégénérer, mes ancien collègues s'en plaignaient. Les maires ne se doutaient pas de ce qui se passait, on avait fini par ne plus payer la partie génie civil, quant au câblage nous participions à peine en argumentant le côté esthétique qui ne rapportait rien à l'entreprise. Vous payez tout. Et le réseau nous appartient. Eh, non. Il y a encore monopole ou un semblant, pas clair et pour combien de temps. Avec les parts que l'état vendait, on arrivera bientôt à ne garder qu'une enveloppe vide. Et la Machine à Broyer s'arrêterait. Ou prendrait une autre voie. Le portable prenant une telle importance que tous ces supports câble quelle en était l'utilité. On parlait déjà, télé par câble, on avait fait des expériences de câblage complet. Pas un franc succès, fallait essayer et l'expérience grandeur nature allait peut-être payer, côté commercial nous n'étions pas au top, mais nous avions une marge de progrès importante. Je pense que c'était aussi trop neuf, trop innovant. Et les ingénieurs avaient d'autres idées. Secret industriel ! Et plus que regarder la télé difficile de faire mieux, à moins d'être chômeur, retraité, âgé ou malade, encore que nos enfants de la génération télé en étaient de gros consommateurs. Pour l'instant pas trop au point, mais j'avais déjà dis ça pour le portable, alors ! Je ne suis pas si bon que ça dans la projection dans l'avenir. Je regrette la période où le téléphone avait peu de place, on communiquait plus de vive voix. Au début, lorsque j'étais un des premiers à avoir le téléphone, certains paysans venaient téléphoner chez moi, c'était l'occasion de causer du pays. A présent je ne les rencontrais qu'en fin de semaine et là c'est un salut comme des gens pressés. Et vrai que tout allait vite, la preuve la fermeture du Centre. Comment être au près des agents, essayer de conforter certains qui se laissent déjà aller à l'alcool ou aux stup. Au travail pas question, j'avais un texte règlementaire derrière moi qui appuyait. Mais j'avançais dans ma démarche intélectuelle comprendre pour mieux étudier et prévenir. Pas question d'avoir des gens qui alcoolisés shootés dans les travaux en hauteurs. C'était déjà bien compliqué de leur faire admettre les nouvelles normes de sécurité pour les travaux en hauteur. Encore un truc qui vient de l'Europe. Pas que je critique les nouvelles dispositions, mais que c'est un casse tête à appliquer surtout à des endroits où les anciens pour toucher la prime de hauteur la fameuse prime de corde à nœuds installait les potelets et accrochaient à dix mètres cinquante. Côté rue pas de problème, mais quand il s'agissait d'une arrière cour, c'était une autre histoire. Alors là aussi, incompréhension ce n'est pas moi qui avait inventé cette nouvelle norme, mais qui était obligé de la faire appliquer.

- Alors on allait faire au mieux en minimisant la prise de risque. Mais beaucoup de travaux à présent étaient sous-traités et mon travail consistait également à contrôler ces entreprises, alors frictions, de la diplomatie, des plans de prévention bien préparés et un peu de patience, le savoir-faire du métier. Pour l'instant mon métier me disait laisse venir et attend la grand messe d'enterrement du centre. Elle se tenait dans un amphithéâtre tous les services étaient invités, on sentait une tension extrême. On connaissait l'issue, mais espérait une déclaration choc positive. L'issue : dispatching vers d'autres centres, vers le commerce, les plates formes interactives encore un nouveau mot à l'Américaine. Grand écran de projection, avenir du groupe, vrai qu'il n'était pas en forme. Le grand argentier avait un peu trop dépensé et ses courses étaient un peu chères. En plus il avait payé Orange cash, alors la valse des milliards avait fait perdre l'équilibre à la belle entreprise. Mais à coups de statistique de parts de camembert, de courbe et l'échine pliait. Le clip finissait par achever les derniers souvenirs d'une maison ou il faisait bon travailler. Les images projetées étaient d'un autre monde, l'inconnu. Evolution, restructuration pour être plus compétitif. Avant nous étions seuls, de conseil à recevoir de personne, à présent nous étions affaiblis et en mauvaise santé. Les rapaces guettaient à l'entée du Zoo. Le grand primate devant son écran en avait fini. Des sifflets, des huées, certains n'avaient pas su se retenir. Je mesurais le degré d'asservissement des masses à leur docilité. D'un oeil discret je regardais les collègues certains pleuraient. L'émotion, le désarroi et la mesure de la gravité. On aurait dit une fermeture d'usine, à la différence qu'il n'y avait pas comme là un buffet permettant d'échanger des propos, désamorcer les bombes. Je prenais ça pour un repas d'enterrement mais des jours je suis

peut-être trop critique, c'est ma façon d'exprimer ma colère et ma douleur. Fallait pas se laisser aller, on avait espéré, à présent tout était dit, alors il ne restait plus qu'à négocier le virage. Le propre de l'homme est de s'adapter et on courrait vers la sortie, mais laquelle. Certain avaient su se placer comme des pionniers, comme s'il y avait des solutions positives, et prouver que la direction avait raison, un fonctionnaire c'est docile. Et d'autres déjà fragilisés par la vie, je craignais.
Le centre se vidait tout allait vite sans vague comme si le fait d'être venu à la grand messe d'enterrement était une approbation. Pas le temps de s'apitoyer, il fallait que ça aille vite, comme une extraction sans anesthésie. La cour se vidait, de jour en jour moins de voiture, ils avaient gagné et tous casser sans douleur, quel talent ! A présent on aurait pu faire des courses de karting vu la place laissée libre. Et la place, il s'en créait, après les armoires les tables à dessin, les bureaux, tout se déménageait, j'allais dire tout devait disparaître, liquidation totale, les containers à ferraille et à papier se remplissaient. Au recyclage ! Tous ces papiers inutiles, comme si plus rien n'avait d'utilité. Mais que faisait-on avec ces tonnes de dossier ? J'étais persuadé que des documents importants partaient à la benne dans l'indifférence totale. Certains en avaient détruit un peu plus, par vengeance et les rogneuses travaillaient infatigablement.

Les gros centres qui accueillaient le surplus de personnel avaient su sauvegarder des informations qui leur seraient utiles. Ils n'étaient pas enchantés de recevoir ce personnel sachant que leur moral en avait pris un coup et craignaient que la déstabilisation les gagne. Après la valse des containers, la valse de gens, ne restait plus qu'une petite équipe dans l'arche de Noé pour la maintenance des câbles pour les interventions rapides de dérangement, un ou deux bureaux et moi l'électron libre dans la maison du concierge. On s'était accroché au bastingage lorsque le bateau a coulé. Une caisse avait flotté c'était mon bureau. Et nous voilà, seuls, ou presque. Je m'occupais d'autres centres, alors ce n'était qu'un pied à terre, donc un moindre mal. Mon moral tenait le coup, valait mieux. Je disais à ma femme le matin je pars gonflé par de l'hyper positivisme, pour terminer ma journée correctement. J'aimais l'action et voir à présent le Centre Idéal inanimé me provoquait un pincement. Il ne ressemblait plus qu'à un emballage vide, pas totalement, des mouches avaient élu domicile dans chaque bureau, mais elles aussi avaient fini par crever sur les rebords des fenêtres. Comme nous un jour ? Je ne pouvais pas être optimiste quand je rentais dans le centre vide, tous ces bureaux que je connaissais par cœur et cette impression d'entendre les rires et blagues, l'activité de la ruche, du bureau

d'étude où j'avais passé les meilleurs moments de ma carrière, j'avais du mal à réaliser. - Tu choppes le blues. Sort prend l'air.
- Quelques jours en Ardèche me feraient du bien. Ma femme avait préparé les valises.
- T'as raison, évadons-nous, on verra tout ça d'un autre œil à notre rentrée. Notre petite maison nous tendait les bras. Modeste, au centre d'un petit bourg médiéval, Largentière un signe peut être de prospérité ? S'il ne me promettait pour l'instant pas la fortune, au moins la joie de respirer le bon air et de longues promenades faisant oublier tous mes problèmes, certains font des cures, ma cure serait ici, le dépaysement, le bonheur. Bien sûr j'aurais aimé acheter une maison, construire et non acheter une maison de quartier, mais mes actions avaient fondu comme neige au soleil. Je ne les avais pas vendues et pour l'instant je n'avais rien perdu. Un petit prêt ferait l'affaire, mais les banquiers sont d'une timidité à me mettre en colère. Avaient-ils su profiter de la crise et jouaient-ils les difficiles ? Toujours discrets, ils savent se faire oublier quand ils gagnent de l'argent, professionnalisme oblige.

Fini les grands projets, les collègues spéculateurs étaient restés sur leur faim, et même plus que ça. Ma femme m'avait dit ma petite villa dans cinq ans, c'était le temps qu'il

fallait pour les revendre. Elle se résigna au gros œuvre, à présent on ne pouvait même plus acheter de terrain. De 219 euros le cours s'était effondré et l'action ne cotait plus que 6,94 euros. Roulés dans la farine, on n'était pas encore en crêpe mais déjà au four pour être croqués. Quand je pense qu'à 219 euros ce que l'état aurait pu combler comme trous dans les caisses et en ne vendant que dix pour cent de ses actions au taux élevé. Mais tout lui échappe, toutes politiques confondues, allez comprendre et j'avais l'impression que l'on n'avait pas encore tout vu.
Au retour de mes vacances ensoleillées, j'avais un noeud au ventre. Ma femme aussi, rien qu'à penser à la tête de son dirlo lundi.
- Des jours je me demandais si on ne ferait pas mieux de tout claquer et descendre dans le sud, l'argent ça ne fait pas tout !
- Je retrouvais mon bureau. Un rayon de soleil pénétrait par la fenêtre me rappelant qu'il faut savoir être positif, pas évident mais plus difficile pour les collègues alors il faut savoir faire la part des choses et relativiser. J'avais besoin de bouger et mon RH avait envie de connaître la température, sonder. Alors je ne pris pas de gant, il voulait savoir, alors il saurait. Tiens prends ça de la part des potes. J'avais avec mon collègue une visite à faire dans un autre centre : partout c'était les mêmes litanies. A force on deviendra nomade. Il n'était pas encore touché car il s'occupait du

centre principal et près du bon Dieu, il avait un sursis, mais au rythme où vont les choses, les lions savent aussi s'entre-bouffer.

Une grosse réunion avait rassemblé tous les chargés de sécurité et là aussi des postes étaient supprimés. Ils ne garderaient que l'effectif légal. La grosse crème régionale était venue discuter, histoire de prendre eux aussi le pouls, et qu'avaient-ils derrière la tête ? On était dans le même état d'esprit, difficile de parler sécurité à des agents qui n'avaient pas la tête au travail et dans ces cas, un accident arrive bien trop vite. Taux de maladies très élevé, je trouvais inutile d'analyser finement, l'évidence crevait les yeux, enfin pour celui qui veut bien voir. Et motiver les troupes dans ces conditions-là, l'évidence, le travail de prévention se cassait la figure. Partout la démotivation, déçu et ne voulant pas trop vider mon sac, je me tus et puis nous étions à la même enseigne. Alors dans mes moments calmes, en voiture, je pensais à l'Ardèche, à mes sorties et j'oubliais un peu.

La valse des valises s'était calmé, j'avais beaucoup de travail à réétudier les postes de travail. Avec tous ces remaniements j'avais un surplus d'activité et pouvais faire plaisir. Alors, j'y allais gaiement, là une lampe supplémentaire là une déserte de plus. Améliorer les conditions de travail permettait d'échanger, me savoir utile et d'avoir l'impression d'avoir servi à quelque chose et de terminer mes journées avec moins de négatif. Mes collègues rencontraient les mêmes difficultés, on échangeait nos expériences alors comme on dit : la vie pris à nouveau son cours.

Mon collègue m'avait téléphoné, il avait une voix bizarre en me demandant si j'allais bien. On s'entendait bien et on donnait des cours ensembles. Dans la sécurité, on est peu nombreux alors il faut savoir se serrer les coudes.
- Luc est mort.
- Luc, je l'ai encore vu à notre dernière grande réunion, il était en pleine forme.
- Mort de quoi ?
- J'en avais la gorge serrée, un accident de la route, pour partir si vite, un solide gaillard, sportif en plus.
- Il s'est suicidé.
- Suicidé !
- Oui avec sa corde de service, dans un central, tôt le matin.
- Je n'avais plus de voix. Je le sentais un peu négatif, mais comment ne pas être négatif avec tous ces chambardements, oui, mais ?
- Il a laissé un mot.
- Rien. Ou rien qui a voulu être divulgué à cause des assurances. Il a construit il y a peu !

- Et quand l'enterrement.
- Début de semaine.
Je n'en revenais pas, un gaillard, la quarantaine, solide. Pas lui, j'avais supposé, mais dans ces cas on ne demande pas trop. Mais il faudrait analyser les causes c'était en service. Alors on saurait bien à temps et puis ça ne change plus rien.

A la quantité de voitures de service alignées sur la place du petit village, on se doutait bien où il travaillait…. J'essayai de me glisser dans la foule à l'extérieur de la petite église, mon copain était entrain de discuter avec notre chef régional.
- Alors, tôt le matin, qui aurait cru ?
- Le boulot.
- Pas que, des problèmes affectifs, autre chose peut-être ? Il m'avait confié que tous ces problèmes l'affectaient. Mais il faudra savoir, c'est grave d'en arriver là. La petite église était bondée, partir à quarante ans, quelle idée. La boutique va mal, mais quand même. Ca ne mérite pas qu'on se pende. Tu sais ce qui se passe au fond de soi, difficile de comprendre. Et les ordinateurs, les calculateurs sont conçus par des cerveaux sur les mêmes modèles que celui des cerveaux humains. Mémoire tampon, mémoire court terme,

disque dur, éducation, les acquis, images sublimo, mémoire long- terme, mais nous nous avons un plus, toute cette capacité de passer d'un sujet à l'autre et immédiatement. Ponts et raccourcis en informatique vont vite mais nous passons de l'un à l'autre, du bricolage à un coup de fil et tu finis pas et puis il y a l'âme la poésie, les sentiments.
- D'où es venu ce mal qui l'a rongé, il a toujours été discret et chacun a son jardin secret, ses souffrances, ses non dits.
- On entendait à peine la cérémonie, qu'un vague son venu de l'intérieur, ils avaient mis un haut-parleur, mais il y avait tellement de monde que l'on empiétait sur le cimetière.
Si jeune, certes mais il n'y a pas d'âge pour se sentir mal, même des ados qui se prennent la vie. Des vieux aussi, personne n'est épargné toutes les couches sociales de tout âge peuvent être touchés. Il avait tout pour être heureux, peut-être, mais certainement pas la joie de vivre. Triste, et tout ça me rappelait mon beau-frère. Il n'avait pas attendu l'âge de quarante ans, il s'entendait bien avec ma sœur, aimait ses enfants, travaillait et pourtant...il s'en était allé lui aussi

L'état avait pensé dénicher un super héro pour désendetter la boutique. Du sommet des télécoms mondiale France Télécom s'était cassé le nez du haut de son échelle orgueilleuse. On avait à présent les deux pieds dans la boue et étions l'entreprise la plus endettée du monde, plus de 50 milliards d'Euros de dettes. Les rêves envolés avec les actions. Toute une vie à concevoir, faire des économies, gérer au mieux les dépenses sur les chantiers, trouver des astuces techniques, pour en arriver là. Et le fameux patron qui avait pourtant un nom rassurant comme un bon père, s'était-il laissé séduire, avait-il entendu le chant des sirènes. Si tel était le cas il n'était pas le seul à piloter la machine et personne de lucide à la barre. Il doit se cacher de honte à présent ou pas, certains savent faire perdre des millions sans état d'âme. A présent, c'est la dette qu'il faut rembourser ou mourir. On a les épaules larges, quinze milliards de réaménagement de dettes, le bébé refilé aux banques et aux investisseurs, quinze milliards d'augmentation de capital reclassé à l'état, premier actionnaire et les fameux quinze milliards de trésorerie dégagés par des économies en internes. J'avais compris, sur notre dos. Le parc immobilier devait être vendu. Je comprenais la vente du Centre Idéal, il allait boucher les trous de trésorerie. Partout se vendaient des immeubles, des terrains. Juteux, les agences immobilières se frottaient les mains, j'avais même eu l'occasion de faire visiter mon Centre Idéal, j'en aurais pleuré, partout où je pénétrais avec ce rapace, il émanait des ambiances, des souvenirs, des odeurs, frisson. Trois quatre voitures sur l'immense parking et toutes ces mouches mortes sur les tablettes de fenêtres. On allait finir comme elles. Il fallait que je sorte ça me prenait à la gorge. Je ne pouvais pas rester comme ça. Réagir et non dépérir.

Ma décision était prise faire autre chose, et ma solution était toute faite, allier passion et investissement. Lorsque je venais en Ardèche, je lorgnais sur une ancienne maison de maître. Elle me faisait pitié, volets en charpies, vitres cassées, squattée par des toxicos, dégradée et pourtant debout et encore bien fière. Je l'avais acheté à la Poste, un comble ! Elle voulait tout réaménager mais l'architecte des bâtiments de France avait mis son veto, et avait dit : niet. La Poste auraient pu demander des autorisations avant d'en faire l'acquisition, mais je vois qu'ils ont les même conseillers que chez nous et qui s'ingénient à perdre de l'argent.
Une grande brelle chargée de l'immobilier à La Poste me tendit la main. Elle n'était même pas allée au deuxième étage par crainte de salir ses escarpins.

- Quelle idée d'acheter ça ! Séducteur et faisant parti de l'ancienne maison PTT comme elle, elle n'hésita pas trop et lâcha le morceau déshabillant les agences immobilières tout en faisant un heureux. Pour ma part, j'allais y consacrer toute mon énergie et mon temps. Ma femme d'abord réticente avait fini par accepter.
- C'est un placement, une retraite complémentaire, et en plus tu charges la mule, pense à ton dos. Je venais de me faire opérer d'une hernie discale, encore un truc que je dois aux télécoms, elle était due aux travaux lourds, au manque de formation, à l'époque on ne se souciait pas beaucoup de ces problèmes bien sûr à une succession de mauvais mouvements et une poignée de stress qui fini par achever la colonne, alors tout se résume par : j'en ai plein le dos !

La réduction de l'effectif était devenue le leitmotiv, et celui qui demandait de travailler à temps partiel l'obtenait sans problème. J'avais recherché et trouvé une formule qui me convenait. Le temps partiel annualisé. Je pouvais cumuler les heures et mes congés et ainsi libérer quinze jours par mois pendant la belle saison. Pour une fois un truc qui m'allait. La paye était réduite, mais on ne peut pas tout avoir. Ma femme me faisait confiance et puis il fallait faire quelque chose, je ne voulais pas continuer sur la lancée. Le suicide de mon collègue avait laissé des traces et m'avait servi. A force d'accumuler du négatif, on voit la vie en gris puis en noire sans s'en rendre compte et un jour un événement difficile et le fil ténu se rompt. Ils n'allaient pas avoir mon optimisme et ma joie de vivre et tout m'interdisait d'en arriver là, en plus, il y avait ma femme. Elle aussi peinait au travail, secrétaire de direction n'est pas de tous repos, surtout dans une grande chaîne de magasins. Il n'y a pas qu'aux Télécoms que les choses étaient difficiles, le travail devenait de plus en plus pénible, fini les années 80. Alors, je pensais aussi à son avenir et c'est ainsi que quinze jours par mois je me transformais en pro du bâtiment, passant de l'électricité à la maçonnerie et de la plomberie à la peinture. Si j'avais pu piocher dans mes actions, mais elles ne valaient plus rien et elles étaient encore bloquées, alors je raclais les fonds de tiroirs pour mener mon projet à bien. Le matin je me levais en me disant : même si c'est dur tous les jours j'avance un peu plus, et c'est un jour béni, sans soucis, sans stress, sans bouchon, sans nouveau décret à faire appliquer, sans note de service, une journée toute à moi, avec mes soucis techniques, mais en technique il y a toujours une solution, des journées intemporelles et quelle joie de se retrouver le soir à une terrasse lorsque le soleil ardéchois est moins fort, une bière à la main

récompensant une journée bien remplie, le bonheur. Mes petites escapades entretenaient ma forme et mon moral. Mes collègues s'en rendaient compte et à mon retour c'était : alors le vacancier, la mine réjouie ! Réflexion avec une pointe d'envie et de la jalousie. D'autres plus piquants : t'as une poule là-bas. S'ils savaient, pas le temps et lorsque j'ai quelque chose dans la tête. Avec ces coupures, je voyais la boutique muter mois par mois et le moral des troupes également.
- Si je pouvais faire comme toi ?
- Je ne suis pas né en sachant tout faire, faut oser. Mais ça, on ne peut le dire à ceux qui ont du punch et j'étais bien placé pour savoir que certains en étaient fort démunis quand il s'agissait de donner un coup de collier, erreur de la nature, usure du temps.

Une cellule diligentée par le médecin du travail s'était chargée d'analyser les causes qui avaient amené mon collègue au suicide et de comprendre. C'est fou lorsqu'on ne veut pas dire quelque chose les trésors d'ingéniosité, d'arguments que l'on peut déployer. Et l'administration est très douée dans ce genre d'exercice. Tu viens avec une question et tu repars avec une réponse. Alors prends ça pour une réponse, point. Sans toucher au mensonge, on évite de dire. Et la nature humaine étant compliquée, il est facile de trouver des arguments, de lui faire dire, interpréter et puis entre fonctionnaire d'un certain niveau on a le devoir de réserve, et peut-être le manque de compétence, pas facile. Alors on tourne en rond, rien n'aboutit et on sort un truc dénoué de sens. Et puisque ça aurait embêté tout le monde s'il s'était suicidé en laissant un mot. Il y les actionnaires et eux aussi qui dirigent depuis que le gouvernement a cédé ses dernières parts, alors pas de vague. Vous comprenez la nouvelle S.A ORANGE a maintenant les coudées franches pour investir, échanger, gérer. Oui, on s'en est rendu compte vu la valse des Wanadoo, rebaptisée Orange, des pages jaunes qu'on triture, des cabines que l'on démonte et tous secteurs non rentables que l'on cède, on brade tout ça pour éponger la dette, quelle épicerie. Le service public, vieille histoire ! Et les employés dans tous ça, second rôle, on arrive même plus à émouvoir l'opinion, beaucoup sont au chômage et d'autres vont les rejoindre alors comment pleurer sur ceux qui ont encore du travail. Bien sûr, il y avait le commercial qui recrutait et ses fameuses plates formes Orange des fourre-tout pour les naufragés des Télécoms. J'avais bien compris. Je n'avais pas encore pu les rencontrer, ces anciens qu'ils ont parqués dans ces salles d'un autre âge, des bocaux avec juste une petite cloison transparente. Système Américains, comme si on avait besoin de leurs systèmes. Mais c'est pratique pour le flicage et le chef de galère a toujours un œil, alors si t'es performant, t'as droit à un ballon orange au dessus de ta tête, quel crétinisme. Pour qui prenait-on les gens, pour des simplets ? On crétinise des techniciens entrés au Télécom avec un bagage en électronique et la fierté d'avoir été reçu parmi une foule de candidats. Alors mes allées et venues Alsace Ardèche se multipliaient, mes travaux avançaient et mon moral avait retrouvé le beau fixe. Entre deux voyages, j'avais pris suffisamment de négatif pour pouvoir le vider dans mes efforts et la sueur, et tout ça c'était bon pour le corps et l'esprit. Je me rendais compte que la plus grosse difficulté ne résidait pas dans le travail, mais dans le stress, et la déstabilisation qui avaient replacé la pénibilité. On entendait rarement des agents se plaindre de leur condition de travail et pourtant, la pluie la neige le vent, les abonnés tatillons, auxquels on ne pouvait plus faire plaisir comme avant, auraient pu être des arguments pour se plaindre. La hiérarchie était entrain de tout remodeler, avec les engagés sur titre, débauchés de je ne sais où à qui on avait enseigné la façon de diriger et évincer, séparer des services qui marchent, pour mieux régner, un bon vieux truc qui fonctionne. Le management participatif alors inconnus devenait un outil efficace pour écoeurer. Ma femme connaissait toutes ces méthodes, elle qui n'avait travaillé

que dans le privé, mais n'arrivait pas à comprendre la façon dont elles étaient utilisées.
- Ca ne s'applique pas à la lettre, ils manquent du savoir-faire, on ne pousse pas les gens dans leurs derniers retranchements, à moins que ça soit pour faire craquer, je ne vois que ça comme explication, disait-elle. Sûr, il y a des méthodes très efficaces et bien rodées par les entreprises qui veulent dégraisser, contrôle qualité suite à dégradation du produit, culpabilisation de l'intéressé et le placard, la mutation dans un service où on aurait jamais voulu être, le dénigrement toute une caisse à outils de trucs pour faire démolir. Et ça marchait les gens se parlaient de moins en moins. Il fallait que je remette les choses au point, certains pensaient que j'étais un émissaire du patron, l'œil de Moscou.
- Ne tirez pas sur le pianiste !
- A force de voir des gens qui profitent de nous, on devient mégalo. Excuse, il est vrai qu'on en voit de toutes les couleurs et les rapaces se sont multipliés. Tout est bon pour copier, concurrencer. Les coucous de télécoms avaient débarqué et ces nouveaux opérateurs sortis de je ne sais où pondaient leurs œufs dans un nid bien chaud.
- Bientôt on nous foutra dehors.
- Non, t'es encore fonctionnaire.
- Ca a encore un sens une valeur ?
- On a encore la sécurité de l'emploi.

- Quel emploi !
- Ca ne veut plus rien dire, depuis les trente-cinq heures, les conditions se dégradent de jour en jour, encore une invention moderne. Après mai soixante-huit fini des mesures qui mènent à la grève, mais un travail de sape et ça c'est efficace et ça endort même les syndicats. Si t'es pas complètement endormis, ils te noient dans des tonnes de décrets et directives européennes, il faut bien les occuper ces nouveaux fonctionnaires.

Je me sentais de plus en plus mal, moi, qui avais en charge les conditions de travail, grand mot et je ne pouvais que constater les dégradations. A Orange, un ancien m'avait dit : on est à deux doigts de lever le doigt pour aller pisser, on veut nous humilier, on n'est plus des gamins. J'avais du mal à raisonner ceux qui commençaient à se révolter et cette violence ils la retournaient contre eux. J'en parlai aux médecins du travail, mais eux constatent, mais ne faisaient rien.
- Vous avez du travail. Certes, quelle drôle d'idée que de toujours dire qu'il y a plus malheureux que soi ! Dire qu'il y a pire, bien sûr le cancer, c'est mieux que la mort...on a une petite chance, mais quelle drôle de façon de penser. J'étais allé voir mon collègue dans la capitale alsacienne. Qu'est-ce qu'ils te construisent, une cantine en face du centre, un bowling avec bar de nuit, discothèque ?

- Je t'arrête, tu sais à quoi ça servira, c'est un central d'interconnections pour les autres opérateurs.
- Génial, t'es témoin de la construction d'un nid à coucou géant, c'est rare.
- Jusqu'où on va se faire pomper.
- Pomper ou vendre des connexions.
- Je comprends ? Le grand Maître invisible décide. A ce petit jeu, on peut tout perdre.
- C'est bien encadré.
- Comme les actions ? Je trouve qu'on n'a jamais été aussi vulnérable que depuis l'ouverture du capital, et la CEE qui donne systématiquement raison, à la concurrence, abus de position dominante. Pourquoi ! Téléphonent-ils avec un réseau qu'ils ont construit ! Ils l'ont bonne, ils n'arrêtent pas de nous déshabiller. Un procès et on perd des millions, on est devenu des véritables vache à lait, qui est derrière tout ça. Nous n'avons pas gagné un seul procès. Bizarre non ? Il suffit d'une faiblesse dans notre système et ils s'y engouffrent. Des jours ça fatigue de se sentir constamment dénigré.
- Ne le prend pas trop à cœur.
- T'as tes escapades en Ardèche. Moi, je n'ai pas le choix ma femme ne veut pas rester seule. Et elle a du mérite ta femme.
- D'autres ont été radicaux, tu sais François qui habitait le village d'à côté il ne voulait pas faire cent kilomètres tous les jours pour rejoindre son boulot. Alors il a trouvé une

solution radicale, il a trouvé une place au bureau d'étude de Lorraine. Ils avaient besoin d'un projeteur, il a tout vendu. Il a pris sa femme et ses trois gamins la voiture et oust!

- Radical en effet. Armand, lui a créé sa propre entreprise, il veut faire des jouets en bois, mais manque de pot au dernier moment sa femme ne veut plus partir. Pas évident, il s'est aigri, je ne sais pas ce qui se passe dans sa tête maintenant. Et ils ne sont pas les seuls Paul et Marie sont partis côté Toulouse après avoir vendu la maison. Les trois gamins le chat et partis et pourtant leur maison a moins d'un an. Deux à avoir le blues c'est dur, et là on s'arrête sinon on va encore sortir les mouchoirs. Et ça c'est les courageux, j'ai de plus en plus de problème des gens qui se laissent aller, fatigués, l'absentéisme. Je ne te donne pas mon indicateur de taux d'absentéisme, il est dans le rouge continuellement. J'ai même un cas grave, il m'a parlé qu'il avait pris des médicaments, un peu trop. Je crois que si tu lui arrête les médocs, il saute par dessus le pont. Où est la limite de non-retour ?

- Et toi ?

- J'en ai plus pour trop longtemps, alors je me tiens à carreau, sans vague et essaye de faire au mieux.

- J'ai rencontré Marc il a l'air fatigué, son couple bat de l'aile le raz le bol. Même parcours que toi, les gros câbles, le bureau

d'étude, la menace d'une mutation à la plateforme Orange et il a repris des cours d'électronique pour se remettre à niveau. Il espère retrouver du travail à Télédiffusion de France, c'est peut être pour lui une planche de salut.
- En espérant que cette entité ne soit pas vendue.
- J'essaye un nouveau départ, le bonheur. A force de s'adapter, ils vont me faire devenir chèvre, m'avait-il dit.
- Les chèvres, je connais en Ardèche. Hâte, j'ai hâte mais je dois encore cravacher, mon immeuble n'est pas encore fini et je ne sais pas quand je m'évaderai, pas facile de se déraciner. Et pourtant un jour il faudra prendre de l'élan. Je m'y prépare et fais mon chemin et petit à petit le travail ne devient plus mon truc numéro un. On tente tous d'échapper avant de se refaire happer par la Broyeuse. Fatigué, on devient anonyme des jours !
- Toi, l'optimiste, tu ne vas pas blueser.
- Mais toi le blues, tu connais : ça va avec ta contrebasse ?
- Ça me permet d'échapper, la musique il n'y a que ça de vrai. Tu sais ça me trotte dans la tête et huit heures dans une atmosphère négative moi, je tape sur le bureau et je compose de la musique histoire de m'évader.
- Les yeux dans le vide, je partis de la capitale alsacienne. Toutes ces voitures, ces gens qui

m'enquiquinent sur la route, je suis devenu un véritable migrant. Mon bureau principal, mon chef, mon RH, ma fièvre, mes boutons qui démangent décidément il faut que je fasse autre chose. Mon collègue qui galèrait comme moi, ce n'est donc pas moi qui me fait des films.
- Un nouveau truc me tombe dessus des cours de formation à la retraite, comme si on devait aider les gens à supporter le bonheur. Le bonheur c'est quand on a choisi, pas quand on l'impose, arrête Armelle.
- On me jette
- Arrête. Tu pars en retraite, va-t'en tant qu'il est encore temps.
- On me jette oui et c'est leur façon de faire qui me déplait, et je ne suis pas encore prête. Après près de quarante ans de service, une vieille. On a plus besoin de moi.
- Pars, il suffit d'un déçu, d'un nouvel investisseur, une nouvelle directive et tu te trouves le cul sur le trottoir.
- T'as toujours l'œil vif et le mot qui va avec.
- T'inquiète lorsque je n'aurai plus envie, je raccrocherai vite. En ce moment c'est calme et toi te vois comme une stagiaire, droit à la retraite.
- Ça existe !
- Ces stages sont taillés pour des gens comme toi.

Mes stagiaires un peu chahuteurs comme des gamins et disciplinés comme des anciens, au coup de départ des cours attentifs incrédules et étonnés, gestion du patrimoine, gestion du temps, la santé. Mon boulot c'est la prévention de tous les risques, et la retraite peut générer des troubles. Pour éviter de sombrer, je te vois, non vous n'êtes pas à l'abri. Au bout de six à huit mois survient une période de mélancolie, de dépression, il faut savoir quelle existe et s'en prémunir. La gérer savoir la reconnaître. Au début c'est l'euphorie, on va tout casser et puis on se calme, on se dit qu'on a le temps et on le prend. Alors ce qui était important devient futile, demain je ferai et encore on se dit : loin du stress à quoi bon, et on dégringole et des réflexions comme : à quoi je sers, je suis à la retraite et la prochaine étape c'est la mort qui survient. Lorsqu'on naît notre mère nous donne la vie et la mort c'est ainsi. On finira tous au même endroit, le reste c'est la vie et ce qu'on en fait, rendre heureux et tout ce qui va avec pas de recette miracle. On s'occupe d'associations, on a des petits enfants, c'est une autre vie qui s'ouvre, presque parallèle à votre vie professionnelle. Une deuxième vie qui s'ouvre, qui sait. L'accepter c'est revivre et certains trouvent de nouveaux pôles d'intérêts.
- Le pastis et les boules.
- Pourquoi pas, mais ça doit s'inscrire dans un plan d'occupation du temps. Ça me faisait du

bien de me projeter et pourtant lorsqu'on se sent encore jeune, ça va me rajouter des cheveux gris avant le temps. Mon collègue n'était pas loin de ces grandes vacances, je l'enviais et pourtant, il me disait.
- Tu désires faire autre chose et le jour où tu te regardes et tu te dis : t'as pris quelques années dans les dents.
- On ne peut pas tout avoir.
- Vrai.
- Je rentrais, un sentiment étrange, le bonheur, quel drôle d'impression presque une récompense quand on a été éprouvé, vidé et là, il faut savoir déguster la jouissance, et comme toute bonne chose ça ne dure pas. Ma femme m'accueillait déçue ça se passait mal au travail, rendement gestion, comptabilité, la journée avait été difficile avec son empereur du marketing. Et dire que je me plains. Vendredi midi, tu commandes les sandwichs et tu saute dans la voiture, on part en Ardèche dans notre petit nid d'amour on s'échappe et on change d'air. Tout devient irrespirable.
- Loin de tout ça le monde paraissait plus convenable, et pourtant ici, le boulot ça n'était pas le pied avec un taux de chômage élevé encore qu'il faut faire autre chose s'adapter, alors où se trouve l'idéal ? Le milieu, c'est peut-être le nôtre, gérer le stress, le blues et les vacances, la vraie voie.
- T'oublie l'amour, oui, presque et je comprends ceux qui s'échappent dans des

aventures au travail, c'est le moment le plus chouette de la journée, le soir t'es crevé, le matin pas réveillé.
- A peine ces courtes vacances consommées que ma femme était à nouveau au volant, le noeud au ventre, elle conduisait sans rien dire.

Lundi je retrouvais ma galère, mon petit bureau et les sempiternelles blusard qui n'avaient pas pu faire la part des choses. Gonflés à bloc, j'assurais.

Jean-Marc comment vas-tu ?
J'essaye de m'adapter à mon nouveau boulot.
- Accroche-toi.
- T'as beau dire, mais on ne me prend pour un gamin. J'ai un abonné qui n'arrive pas à se dépatouiller avec son téléphone, tu me connais. On aime bien aller jusqu'au bout, comme en technique, il faut trouver le grain qui coince. Alors t'a une grande brelle qui te toise.
- Vous avez passé dix minutes avec l'abonné. Au bout de trois minutes, il faut raccrocher !
- Elle rigole. La petite vieille n'arrivait pas à se dépatouiller avec son portable. On est encore un service public !
- Qu'à moitié ?
- Que font les autres opérateurs ?
- C'est minuté alors clic, c'est automatique.

- A deux doigts de me dire : si elle ne sait pas se débrouiller raccroche, on n'est pas une association caritative. Tout fout le camp. Tu te rappelles, les nuits passées à raccorder. C'est bien fini les privés nous phagocytent.
- On est dans une logique commerciale. Les gros poissons ont besoin de rentabilité, pas de gens heureux. Les gens heureux, ce sont eux les poches remplies, ils passent des vacances de rêve. Les paparazzis les photographient pour que nous dans les salles d'attente on ait de quoi lire et rêver à autre chose qu'à notre condition de travailleur.
- T'as pas l'impression que le monde n'a pas changé, mais c'est juste la forme. A l'heure d'Internet plus besoin de grandes explications, tout est écrit. T'ouvre ton mail une page d'info, et tout le monde se lamente ou non sur ce qu'ils ont vu, ça alimente toutes les conversations, les distributeurs de café et le reste peut-être l'essentiel, on passe à côté. L'heure est au futile.
- Mais il reste ceux qui ne s'y font pas et ne collent pas à ces logiques.
- Peu de monde. Tout est planifié et on se demande par qui.
- Par des grosses pointures et eux savent faire du fric, quitte à faire crever, pas d'état d'âme. Tu crois qu'un boursier se dit : la pauvre boîte, je vais la fais crever et tous ces gens au chômage ! France Télécom ne peut plus bouger, du moment qu'on fait quelque chose

on se fait copier, on nous attaque, tu te demandes ce que la CEE cherche, des jours.
- Faire des bénéfices pour renflouer ses caisses. Et nous on perd des coups parce qu'on est dans une autre logique avec des gens qui on encore des idées de service public, le goût du travail bien fait. Une époque révolue.
- Tu vois, tu penses déjà comme eux.
- La réalité. Et c'est pourquoi je prends du recul. Ce n'est pas mes valeurs. Et je ne parle pas de tout ce qui est confidentiel. On a tous juré pour le secret professionnel. Et le privé qui travaille pour nous. Il est au courant des branchements, dit sensibles. Heureusement que les circuits sont cryptés. Tu vois un plan HORSEC ou autre venir à la surface.
- Ca plairait de mettre au grand jour notre vulnérabilité.
- Tu sais que j'ai ramassé de la doc sensible, confidentielle défense lorsqu'on déménageait. Les gens ne font plus attention et n'en ont plus rien à faire. Alors je l'ai mis au sec.
- Excuse, j'ai du monde.
- Lucie, tu ne travailles pas aujourd'hui.
- Je faisais un tour.
- Sympa, comment te sens-tu à ta plate forme Orange.
- Pas terrible.
- Je la laissai parler et elle me vendit la mèche.

- Tu travailles, oui ou non ? T'as pris l'air ? Tu sais comment on appelle ça dans notre jargon, la dépress pour aller vite et connaissant ta chef elle te collera une mise à pied, histoire d'asseoir son influence.
- T'as peut-être raison.
- Va voir ton médecin qu'il te porte raide, histoire de prendre du recul et d'y voir un peu plus clair, sinon tu lui dis que t'es venue me voir, je te couvre.
- Elle me faisait pitié. Toujours brillante, là elle avait pris un coup de vieux et vu le peu de maquillage qu'elle portait, elle qui était toujours tirée à quatre épingles, elle avait dû pleurer. Un peu serré, je pris ma voiture de service via la capitale alsacienne. Ca me changera les idées, et j'ai un programme de stage à mettre au point avec mon collègue. L'inévitable tournée des popotes. Ca fait du bien à tous et consultais à domicile, une véritable assistante sociale.
- Bonjour Anne, t'as l'air patraque, décidément c'est une épidémie.
- T'as vu beaucoup d'optimistes, à part toi.
- Plus bonne à rien on me jette, mise à la retraite, je pensais faire encore quelques années, mais je sens que l'on me pousse vers la sortie. Le RH a une prime sur le cheptel qu'il envoie paître ailleurs ?
- Tu prends ça avec beaucoup d'humour.
- Les vieux on les jette.

- Un peu abrupte ta conclusion. Tu auras tout ton temps pour casser les pieds à ton mari et t'occuper de tes petits enfants. Et il y a plein d'activités.
- Oui, le troisième âge.
- Toi, t'es pas préparée. On nous a promis l'embauche de jeunes. Alors faire un peu de place. T'en assez fait.
- Oui, t'as vu les conditions et combien seront remplacés avec des contrats boiteux. On est presque plus doué qu'ailleurs. Comment vivre avec ce qu'on leur donne au début à ces jeunes ? On pensait qu'on avait démarré avec de toutes petites payes, mais eux ne sont pas gâtés.
- Je te quitte.
- Mon collègue m'accueilla, content de me voir.
- T'as rien de négatif. Je lui racontais ma rencontre.
- Tu sais, ils rigollaient en cachette quand ton centre fermait, la gangrène s'est transmise aux autres centres, alors ici, ils ont chaud au derrière. Alors tu connais.
- Oui le blues avant les restructurations. Ca ne sent pas bon tout ça. Avec la percée du portable, le minitel qui, on sent bien sera dépassé par l'Internet. Quand je pense aux techniciens de Lannion qui y ont passé des années.
- C'est le progrès, tout ce qui se limite à une technique est très vite dépassé et tout va de

plus en plus vite, concurrence et les Américains ont de l'argent et sont sans état d'âme, alors on n'aura plus qu'à négocier le virage. Ils sortent un produit, le suivant est déjà prêt et ainsi de suite, consommer à tous va. Tout le monde pensait que le téléphone allait baisser, mais avec le portable et tout le reste, les gens dépensent plus en téléphonie d'où naissance de ces nouveaux prédateurs. Et même les associations de consommateurs on se demande pour qui elles travaillaient, ont-ils des actions chez les autres opérateurs ? Les communications avec le Net sont même gratuites. Alors on résonne avec d'autres logiques et ce n'est plus les Français qui profitent des bénéfices, en sachant que l'emprunt que France Télécom avait contracté auprès de l'état était remboursé, la manne était prodigieuse.
- On nous taille des croupières, même les pages jaunes sont menacées. Et tout va vite. Bientôt on te vendra ta voiture de service. Le matin t'arrive on te demande les clefs et hop, partie on a déjà Liesplan qui gère les véhicules et les remplace et t'en donne une toute neuve ou pas, ordre du chef, management oblige. Pas loin de la retraite, on attend que ton service ferme. Et on entend : tu prendras celle du collègue, la mutualisation, c'est à la mode.
- Ta femme on la mutualise aussi.
- T'as encore de l'humour. J'ai fait le plein dans le sud. Mon projet avance, bientôt j'aurai

un premier appartement qui sera terminé. T'as pas besoin de me dire que t'as donné un sérieux coup de collier. T'as une forme de jeune loup.
- Oui et les courbatures d'un vieux chien.
- Vaut mieux encore, que le moral des gens que je rencontre à la plateforme interactive d'Orange. Le casque sur les oreilles certains s'adaptent, mais j'ai du mal à gérer ceux qui ne s'y font pas. Il y a bien la possibilité de quitter pour une place dans une autre administration.
- Tout dépend où.
- Tu me vois dans un service de cartes grises où on gratte des dossiers toute la journée. On n'est pas rentré dans la boîte pour ça, on est des techniques. Les jeunes, eux, s'y font bien.
- Oui mais ils sont d'une autre époque et jeunes on bouffait également tout. Et eux ils sont nés avec un jeu électronique dans les mains. Tu vois comme ils s'y sont mis au portable, ils dorment avec. C'est eux les porteurs, on espère qu'il y aura toujours du travail ici. Car la grande mode c'est de déménager les plates formes à l'étranger. Avec la fibre optique tout va vite, pas besoin d'être à proximité. On ne sert plus à grand chose les réseaux sont construits suffit d'exploiter, alors nos vieilles bécanes sont bonnes à être recyclées.
- Toi tu vas à la vitesse de la lumière.

- Et moi, je fatigue. Dans huit mois la retraite. Toi la retraite, moi je sens que ce sera une dispo, il me reste six ans et ça tombe bien, on vient de nous autoriser deux fois trois ans pour convenances personnelles. Des dispositions pour créations d'entreprises ou autre. On nous pousse vers la sortie. Et ceux qui partent ne font même pas de pot de départ tellement qu'ils sont écoeurés, ce n'est pas bon pour ceux qui restent, ça rajoute une couche de noir. Au contraire il faudrait un peu de reconnaissance et c'est ça que les gens attendent, même si ça fait un peu pot officiel. Ca leur ferait du bien. C'est comme un enterrement sans personne.
- T'en a des comparaisons !
- Je parle humainement, le soutien. La majorité de la tranche d'âge inférieure saura s'adapter aux nouveaux métiers et vont vers une refonte de leurs carrières. Mais j'ai peur pour ceux qui baissent les bras, ceux qui en ont marre de s'adapter ou ceux qui le gèrent mal, ceux qui intériorisent. Et ce n'est pas la médecine du travail qui y fera quelque chose, j'ai essayé de les sensibiliser, ils rencontrent des problèmes avec les gens qui se font licencier, alors la réflexion est facile.
- Vous devez être content d'avoir du boulot. Je vais dire ça à ceux qui ont été mis au placard. Même certains qui crânaient : moi je peux venir au travail et faire semblant. Ça c'est pour sauver la face, derrière il y a de la

souffrance et elle est difficile à aborder. Difficile de savoir ce qui se passe dans la tête des gens. Pour notre collègue rien ne prévoyais un suicide et pourtant. Il suffit d'un problème familial, le travail, des soucis avec les enfants, un cocktail vite explosif. D'autant qu'il ne faut pas demander à la hiérarchie d'être attentif à quoi que ce soit, eux aussi sont mis à mal. Un chat ne retrouve plus ses petits, la boîte a tellement changé. J'ai changé comme d'autres trois fois de métier, la quatrième fois ce sera pour moi. Je n'attends plus que la retraite et là rien d'évident, dans six ans beaucoup de chose vont changer. On entend déjà qu'ils veulent rajouter un ou deux ans pour rattraper le privé ; fini la belle stabilité de l'emploi et tous les défauts, les harcèlements, la totale si on avait su. Mais on ne refera pas le monde à l'envers ça serait facile et pas humain. On ne va pas s'y mettre nous aussi. Pour ma part les choses se précisent. Je sens que lorsque tu partiras mon heure sera venue. Mais je ne prends pas de risque tout est planifié. Autant je ne voulais pas vendre ma propriété autant je sens que je vends tout et je m'installe en Ardèche refaire autre chose, mon immeuble est bientôt fini. Et je le fini dans les moindres détails alors je construis ça m'évitera de penser à toutes ces galères et je repartirai sur un autre pied. S'il y avait encore de l'argent, ils n'hésiteraient pas à payer des départs, je sais que certains se seraient laissé tenter, prendre un petit commerce, faire autre chose. Mais la boîte a fait ses choix, acheter et tout claquer, alors fini, il ne reste plus qu'à écoeurer et travailler les techniques de débauchage comme les autres grands groupes.

Ixième changement de logo, et le dernier pour moi, l'Esperluette. Ca faisait un peu espère, et belle lurette et ça fait belle lurette qu'on espérait que ça change et malgré les changements de logo la Machine ne s'était jamais arrêtée, elle nous roulera dessus sans se rendre compte !

Ma maison était en vente dans les agences, j'avais déjà un pied en Ardèche, la conclusion se fera dans peu et j'étais enthousiasmé par tout ce qui m'attendait. Ma femme avait du mal à quitter son patron qui essayait de la retenir, mais notre décision était prise.
Mon collègue à la retraite, sa voiture supprimée et son poste aussi. Comme le mien le serait, je ne me faisais pas d'illusion. On n'est pas irremplaçable et quelqu'un d'un peu moins sensible que moi ferait l'affaire.

Le gros camion de déménagement était dans la cours, toute une vie en caisses toute une vie emballée dans le trente-six tonnes, mais quelle joie de partir. J'étais seul capitaine à bord avec mon second qui avait les yeux qui brillaient, heureuse d'avoir pris son destin en main. Mais qu'adviendra-t-il de mes copains restés. De tous ces résignés, ou peut-être contents de faire autre chose, adaptés ou abandonnés à leurs idées noires sur le bord du trottoir. Comment vont-ils gérer ces employés en difficultés, ces anciens. Ceux qui n'ont plus de copain, déracinés, plus de repère et qui ne se reconnaissent plus dans leur boîte.

Devant moi l'aventure, une autre vie, et un autre métier heureux, moi qui espérais, ça serait la continuité de ma vie sans créer de vague et quitter le navire pouvoir réaliser mes projets, parmi lesquels... celui d'écrire

DU MÊME AUTEUR

Poésie :

REMANENCE Poèmes et photos

CRISTAL NOIR Poèmes et photos Chez BoD

Romans :

Le Forgeron et la belle Rhénane. 1994 Chez BoD

La Fille du Vent. 1995 Chez BoD

Qui es-tu 2007 Chez BoD

Noir corbeau. 2008 Chez BoD

Pendu au Téléphone 2010

Les dessous de l'Est. 2013 Chez BoD

Je vous ai déjà vue. 2016 Chez St Honoré

Dans les talons aiguilles de maman. 2017 Chez BoD

Woolf le chien qui savait lire. 2018 Chez BoD